U0063213

作文滿級分必備

文藻語彙＋成語大全

擁有駕馭文字能力，
能精準用字並美化句子

建立詞彙資料庫，
在需要時，即搜即用

文藻成語不用死背，只要多歸納、多揣摩、
多體會，就能產生記憶點

以不同型式練習語彙運用，
例如寫日記、提案報告、製作企劃書

透過閱讀，累積詞彙

林慶昭／編著

不死背的詞彙記憶法！

善用文藻語彙的生動意涵，
你也能寫出引人入勝的好文章！

如何巧妙修辭、創造好句子，是作文的首要任務，
寫作時加入一些成語、典故與俗語，將讓你的文章更生動！

前言

作文真正的目的，除了在作文課或考試拿高分外，它的用途非常廣泛，包括寫日記、寫報告、寫情書、寫企畫案、寫契約、寫借據、寫悔過書、寫遺書等等，可見作文派上用場之處，從出生到死亡，跟我們的日常生活息息相關，一輩子都避不了。

一般而言，作文常見的表達方式，不外乎記敘、描寫、議論、抒情、說明這幾種。表達方式與文體的關係比較密切，對於某一種具體的文體，其主要表達的方式是一定的。

一篇引人入勝的文章，除了內容豐富感人外，最重要是語言文字要生動，也就是在把握文體特徵的基礎上，靈活地運用各種表達方式，揚長避短，滲透融合，進一步增強表達效果。

然而，為什麼很多學生害怕作文，主要原因有兩點：

一、**本身的文字能力不足，無法表達他的思想**，就像牙牙學語的小孩，由於認識的辭彙不多，當肚子餓的時候，無法說出「我餓了」的句子，只好用「哭」來引起注意。

二、**缺乏駕馭文字的能力，無法將熟悉的文字藉由修辭的手法來加以將句子美化組合，**也就是很少能夠「用字精確」來描述事物，或者「用字精簡」來表現最豐富的意境。

文章是集句為段、連段成篇的，句子是文章最基本的單位，如何遣詞造句，如何巧妙修辭文字和創造好的句子，當然是作文的首要任務。

在運用語言的過程中，適當地應用各種**成語**、**典故**、**慣用語**、**俗語**、**民諺**、**歇後語**等，能使語言更親切生動，增強其表現力。因為這些用語，通常都是眾人所知的故事，具有豐富的意涵和深遠的啟示，就像是濃縮雞湯一樣，字數雖少，卻可以增添文章的意涵。

不過，在運用這些用語時也要小心，用得恰到好處，可以在讀者的腦海裡，像濃縮雞湯融化到清湯裡面一樣，增添許多美味。但不同的濃縮雞湯，適合不同的場合，運用的不好，反而適得其反。尤其，有些陳腔濫調的用語，已經無法激起讀者的想像力，就像是過期的濃縮雞湯一樣，沒什麼味道，還不如不用。

雖然很多感覺是筆墨難以形容，無法用語言文字直接喚起的，但真正好的文字，就

是要能夠深入神經系統，喚起別人心中的感觸。因此，在遣詞造句的過程中，文句的適當之處加入一些成語、典故、俗語、俏皮話等，必定能使文章的語言更為生動，更富意涵。

馬克思是政治家，但他很重視學習歌德、莎士比亞、但丁與賽凡提斯等文學家的作品，認為他們是自己的語言大師。他的著作不僅以思想內容的科學性博得人們的信服，而且以語言形式的藝術性贏得人們的喜愛。可見，閱讀是增加文藻辭彙的一個重要途徑。

語文專家葉聖陶說：「**閱讀方法不僅是機械地解釋字義，記誦文句，研究文法修辭的法則，最重要的還在多比較，多歸納，多揣摩，多體會，一字一語都不輕輕放過，務必發現他的特性。**」

沒錯，語文的使用是一種技能，一種習慣。只要擁有豐富的文藻辭彙，在寫作時遣詞造句就不會貧乏，可以運用自如，使文章增加光彩。

目錄

CONTENTS

輯一 成語篇

CHAPTER 1

1、**哀鴻遍野**：比喻呻吟呼號、流離失所的災民到處都是。哀鴻，哀鳴的大雁，比喻悲哀呼號的災民。

2、**安步當車**：古代稱人能安貧守賤。現多用以表示不乘車而從容不迫地步行。安，安閒。

3、**安土重還**：安於本鄉本土，不願輕易遷移。重，看得很重。

4、**嗷嗷待哺**：形容受饑餓的悲慘遭情景。嗷嗷，哀號聲；哺，餵食。

5、**篳路藍縷**：駕著柴車，穿著破舊的衣服去開闢山林。篳路，柴車。藍縷，破衣服。形容創作的艱苦。

6、**抱殘守缺**：形容保守不知改進。

7、**白駒過隙**：比喻時間過得很快，就像駿馬在細小的縫隙前飛快地越過一樣。白駒，駿馬。

8、**杯弓蛇影**：比喻疑神疑鬼，妄自驚慌。

9、**杯水車薪**：用一杯水去救一車著了火的柴。比喻無濟於事。

10、**別無長物**：沒有多餘的東西。形容窮困或儉樸。

11、**不足掛齒**：不值得一提。謙虛說法。

12、**不足為訓**：不值得很為效法的準則。訓，準則。

13、**不可理喻**：無法跟他講道理。形容蠻橫或固執。比喻，使明白。

14、**不脛而走**：比喻消息傳得很快。脛，小腿。

15、**不三不四**：即「不倫不類」，比喻不像樣子。

16、**不為已甚**：指對人的責備或處罰適可而止。已甚，過分。

17、**不即不離**：不接近也不疏遠。即，接近。

18、**不卑不亢**：對待人有恰當的分寸，既不低聲下氣，也不傲慢自大。卑，低下；亢，高。

19、**不稂不莠**：比喻人不成材，沒出息。稂、莠，田裡的野草。

20、**不落窠臼**：比喻有獨創風格，不落舊套。

21、**不容置喙**：不容別人插嘴。喙，嘴。

22、**不塞不流**，不止不行：比喻舊思想文化不予以破壞，新思想、新文化就不能樹立起來。

23、**不以為然**：不認為是對的，含有輕視之意。然，對、正確。

24、**不以為意**：不放在心上，不加注意。

25、**不刊之論**：形容不能改動或不可磨滅的言論。刊，削除，修改。

26、**不瘟不火**：指戲曲不沉悶乏味，也不急促。瘟，戲曲沉悶乏味；火，比喻緊急、急促。

27、**側目而視**：斜著眼睛看人，不敢用正眼看。形容拘謹畏懼而又憤怒的樣子。

28、**出神入化**：形容技藝達到了絕妙的境地。

29、**城下之盟**：敵軍到了城下，抵抗不了，而跟敵人訂的盟約。泛指被迫簽訂的條約。

30、**誠惶誠恐**：惶恐不安。原是君主時代臣下給君主奏章中的套語。

31、**曾幾何時**：時間沒有過去多久。

32、**曾經滄桑**：比喻曾經見過大世面，不把平常事放在眼裡。

33、**蠶食鯨吞**：用各種方式侵佔吞併。（蠶、鯨，名詞作狀語）

34、**滄海一粟**：比喻非常微小。粟，穀子。

35、**從善如流**：接受善意的規勸，如同水流向下那樣迅速而自然。

36、**大快人心**：壞人壞事受到懲罰或打擊，使大家非常痛快。

37、**大而無當**：雖然大，但是不合用。

38、**大智若愚**：某些有才智有才能的人不露鋒芒，表面看來好像很愚笨。多含褒義。

39、**大器晚成**：指能擔當大事的人物要經過長期的鍛煉，所以成就比較晚。

40、**當仁不讓**：遇到應該做的事就要勇於承擔，不謙讓，不推託。仁，正義，正義的事，引申為應該做的事。

41、**得隴望蜀**：比喻貪得無厭，含貶義。

42、**登堂入室**：比喻學識或技能由淺入深，循序漸進，逐步達到很高水準。

43、**頂禮膜拜**：比喻崇拜到極點，含貶義。

44、**東山再起**：東晉謝安退職後在東山做隱士，後來又出任要職。比喻失勢之後，重新恢復地位。

45、**豆蔻年華**：指女子十三四歲的年紀。語出唐代杜牧詩。

46、**對簿公堂**：簿，文狀起訴書之類。對簿，受審問。指公堂上受審。

47、**多事之秋**：事變很多的時期。

48、**耳濡目染**：耳朵經常聽到，眼睛經常看到，不知不覺地受到影響。濡，沾濕。

49、**耳熟能詳**：聽的次數多了，熟悉得都能夠詳盡地說出來。

50、**耳提在命**：不但當面告訴他，而且揪著耳朵叮囑。形容懇切教導。語出《詩經》。

51、**繁文縟節**：不必要的儀式或禮節繁多。也比喻多餘瑣碎的手續。文，禮節，儀式；縟，繁多，雜碎。

52、**匪夷所思**：指言談行動超出常情，不是一般人所能想像的。夷，平常。

53、**分庭抗禮**：原指賓主相見，站在庭院的兩邊，相對行禮。現在用來比喻平起平坐，互相對立。

54、**紛至遝來**：紛紛到來，連續不斷地到來。

55、**左支右絀**：比喻財力不足，好像捉襟見肘的樣子。

56、**俯拾皆是**：只要彎下身子來撿，到處都是。形容地上的某一些東西、要找的某一類例證、文章中的錯別字等很多。也說「俯拾即是」。

57、**感同身受**：心裡很感謝，如同親身感受到恩惠一樣。多用於代人向對方致謝。

58、**高屋建瓴**：形容居高臨下，不可阻擋的形勢。建，傾倒；瓴，水瓶。

59、**革故鼎新**：去掉舊的，建立新的。

60、**各行其是**：各自按照自己以為正確的一套去做。是，對，正確。

61、**狗尾續貂**：比喻拿不好的東西接到好的東西後面，顯得好壞不相稱（多指文學作品）。

62、**功虧一簣**：比喻事情只差最後一點沒有完成。虧，缺少；簣，土筐。

63、**故步自封**：比喻安於現狀，不求進步。故步，走老步子；封，限制住。「故」也作「固」。

64、**光怪陸離**：形容奇形怪狀，五顏六色。光怪，光彩奇異；陸離，色彩繁雜。

65、**管窺蠡測**：比喻對事物的觀察和瞭解很狹窄、很片面。蠡，貝殼做的瓢。

66、**鬼斧神工**：形容建築、雕塑等技藝的精巧。也說神工鬼斧。

67、**過眼雲煙**：比喻很快就消失的事物。

68、**海市蜃樓**：比喻人世繁華的虛幻，虛幻的事物。

69、**邯鄲學步**：比喻模仿不到家，卻把自己原來會的東西忘了。語出《莊子》。

70、**沆瀣一氣**：比喻臭味相投的人結合在一起。

71、**好為人師**：喜歡以教育者自居，不謙虛。

72、**鶴髮童顏**：形容老年人氣色好。

73、**怙惡不悛**：堅持作惡，不肯悔改。怙，依靠，依仗；悛，悔改。

74、**渙然冰釋**：形容疑慮、誤會、隔閡等完成消除。渙然，消散的樣子；冰釋，像水一樣消融。

75、**湮沒無聞**：指人的才能被埋沒，以致無人知道。

76、**禍起蕭牆**：禍亂從內部發生。蕭牆，照壁，比喻內部。

77、**濟濟一堂**：形容很多有才能的人聚含有在一起。濟濟，眾多。

78、**集腋成裘**：積少可以成多。

79、**計日程功**：可以數著日子計算進度。形容在較短期間就可以成功。程，計算。

80、**間不容髮**：距離極近，中間不能放進一根頭髮。比喻情勢危急到了極點。

81、**意氣用事**：憑感情辦事，缺乏理智，不表示「講義氣重感情」。

82、**江郎才盡**：比喻才思枯竭。

83、**江河日下**：江河的水天天向下游流。比喻情況一天天壞下去。

84、**膠柱鼓瑟**：比喻拘泥固執，不知變通。柱瑟上調弦的短木，被粘住，就不能調整音高。

85、**金科玉律**：必須遵守、不能改變的信條。多含貶義。

86、**開門揖盜**：比喻引進壞人，自招禍患。揖，作揖，表示歡迎。

87、**空穴來風**：有了洞穴才有風進來。比喻消息和傳說不是完全沒有原因的。

88、**樑上君子**：代稱竊賊。語見《後漢書》。

89、**兩小無猜**：男女小的時候在一起玩耍，天真爛漫，沒有猜疑。

90、**寥若晨星**：稀少得好像早晨的星星。

91、**林林總總**：形容繁多。

92、**鱗次櫛比**：形容屋舍或船隻等排列得很密，很整齊。

93、**令人髮指**：形容極度憤怒。髮指，頭髮直豎起來。

94、**令行禁止**：有令必行，有禁必止。形容嚴格執行法令。

95、**爐火純青**：比喻學問、技術或辦事達到了純熟完美的地步。

96、**屢試不爽**：屢次試驗都沒有差錯。爽，差錯。

97、**買櫝還珠**：比喻沒有眼光，取捨不當。櫝，匣子。語出《韓非子》。

98、**滿目瘡痍**：形容受到嚴重破壞的景況。瘡痍，創傷。

99、**蓬華增輝**：謙辭。表示由於別人到自己家裡來或張掛別人給自己題贈的字畫等而使自己非常光榮。蓬華，「蓬門華戶」的省略。也說「蓬華生輝」。

100、**披肝瀝膽**：比喻真心相見，傾吐心裡話。披，揭開。

101、**振振有詞**：貶義，理由似乎很充分，其實是強詞奪理。

102、**期期艾艾**：形容口吃。語見《史記》和《世說新語》。

103、**七手八腳**：形容大家一起動手，人多手雜的樣子。

104、**罄竹難書**：把竹子用完了都寫不完。比喻事實（多指罪惡）很多，難以說完。罄，盡。

105、**忍痛割愛**：忍受痛苦放棄自己心愛的東西。

106、**如履薄冰**：如同踩在薄冰上面一樣。比喻做事非常小心謹慎，存有戒心。履，踩，踏。

107、**如喪考妣**：像死了父母一樣的傷心和著急，含貶義。考妣，（死去的）父親和母親。

108、**如數家珍**：比喻對所講的事情十分熟悉。

109、**三緘其口**：形容說話過分謹慎，不敢或不肯開口。緘，閉。

110、**三人成虎**：比喻謠言或訛傳一再反覆，就有使人信以為真的可能。

111、**色厲內荏**：外表強硬，內心空虛。荏，軟弱。

112、**閃爍其辭**：指說話稍微露出一點想法，但不明確。也形容說話躲躲閃閃，吞吞吐吐。

113、**身無長物**：再沒有別的東西。形容除此之外空無所有。長物，多餘的東西。

114、**身體力行**：親身經驗，努力實行。

115、**生靈塗炭**：形容政治混亂時期人民處在極端困苦的環境中。塗炭，爛泥和炭火。

116、**失之東隅，收之桑榆**：比喻這個時候失敗了，另一個時候得到了補償，語出《後漢書》。東隅，東方日出處，指早晨；桑榆，日落時太陽的餘光照在桑樹榆樹之間，指傍晚。

117、**情不自禁**：無法控制感情，與不由自主易於混淆。

118、**拾人牙慧**：拾取人家隻言片語當做自己的話。

119、**石破天驚**：多用來比喻文章議論新奇驚人。

120、**始作俑者**：孔子反對用俑殉葬，他說，開始用俑殉葬的人，大概沒有後嗣了吧。比喻惡劣風氣的創始者。

121、**豕突狼奔**：像野豬和狼那樣逃路。

122、**矢志不移**：發誓立志，永不改變。

123、**首當其衝**：比喻首先受到攻擊或遭遇災難。衝，要衝。

124、**彈冠相慶**：指一人當了官或升官，他的同夥也互相慶賀將有官可做。語出《漢書》。

125、**韜光養晦**：比喻隱藏才能，不使外露。韜，弓或劍的套子，比喻隱藏。

126、**桃李不言**，下自成蹊：比喻只要為人真誠、忠實，就能感動別人。蹊，路。

127、**天網恢恢**：天道像一個廣闊的大網，作惡者逃不出這個網，也就是逃不出天道的懲罰。恢恢，形容非常廣大。

128、**醍醐灌頂**：比喻灌輸智慧，使人徹底醒悟。醍醐，舊指從牛奶中提煉出來的精華，佛教比喻最高的佛法。

129、**投鼠忌器**：想扔東西打老鼠，又怕打壞了東西。比喻欲除惡而有顧忌，不敢放手去做。

130、**玩物喪志**：只顧玩賞所喜好的東西，因而消磨掉志氣。

131、**萬人空巷**：家家戶戶的人都從巷子裡出來了，多用來形容慶祝、歡迎等盛況。

132、**微言大義**：精微的語言和深奧的道理。

133、**為虎傅翼**：替老虎加上翅膀。比喻幫助壞人，增加惡勢力。傅，添加。

134、**為淵驅魚、為叢驅雀**：水獺想捉魚吃，卻把魚趕到深淵去了；鷂鷹想捉麻雀吃，卻把麻雀趕到叢林中去了。後來比喻不善於團結人或籠絡人，把可以依靠的力量趕到敵人方面去。

135、**未雨綢繆**：天還沒下雨，就先修好門窗。比喻事先做好準備。

136、**蔚為大觀**：豐富多彩，成為盛大的景像。多指文物等。

137、**文不加點**：形容寫文章很快，不用塗改就寫成。點，塗上一點，表示刪去。

138、**五風十雨**：五天刮一次風，十天下一次雨。形容風調雨順。

139、**喜結金蘭**：高興地成為結拜兄弟姐妹。

140、**相濡以沫**：泉水乾涸，魚靠在一起以唾沫相濕潤（語見《莊子》）。後比喻同處困境，相互救助。

141、**相敬如賓**：形容夫妻互相尊敬像對待賓客一樣。

142、**宵衣旰食**：天不亮就穿衣起來，天黑了才吃飯。形容勤於政務。

143、**胸無城府**：比喻襟懷坦白，沒有什麼隱藏。城府，城市和官府，比喻令人難於揣測的深遠謀算。

144、**烜赫一時**：在一個時期內，名聲威勢很盛。烜赫，氣勢很盛。含貶義。

145、**虛與委蛇**：對人虛情假義，敷衍應酬。虛，假意；委蛇，敷衍。

146、**一蹴而就**：踏一步就成功。形容事情輕而易舉，一下子就能完成。蹴，踏。

147、**一傅眾咻**：一個人教，眾多的人干擾，形容環境對人影響極大。傅，教導；咻，喧鬧。

148、**一鱗半爪**：比喻零星片段的事物。

149、**貽笑大方**：讓有見識的內行笑話。貽，遺留。

150、**頤指氣使**：不說話而用面部表情來示意。指有極勢的人傲慢的神氣。

151、**以耳代目**：把聽來的當成親見的。形容不親自調查研究，專門聽信別人的話。

152、**以鄰為壑**：拿領國當作排洪水的溝壑。比喻把自己的困難或災害轉嫁群眾給別人。

153、**意興闌珊**：形容興致將盡。

154、**洋洋大觀**：形容美好的事物豐富多彩。

155、**養尊處優**：處於尊貴的地位，對著優裕的生活。

156、**仰事俯畜**：對上待奉父母，對下養活妻子兒女。泛指維持一家生活。

157、**寅吃卯糧**：寅年吃了卯年的糧。比喻入不敷出，預先借支。寅、卯，地支的第三、四位。

158、**杳如黃鶴**：比喻一去不見蹤影。語出崔顥《黃鶴樓》。杳，見不到蹤影。

159、**飲鴆止渴**：喝毒酒解渴。比喻採取極有害的方法來解決眼前困難，不顧後果。鴆，一種毒鳥。

160、**影影綽綽**：模模糊糊，不真切。

161、**餘能可賈**：還有力量沒有用完。賈，賣。

162、**越俎代庖**：比喻超過自己的職務範圍，去處理別人所管的事情。語見《莊子》。俎，祭器；庖，廚子。

163、**在劫難逃**：原指命中註定要遭受災禍，想逃也逃不了。現在有時借指不可避免的災害。劫，佛教把天災人禍等厄運稱為「劫」或「劫數」。

164、**昭然若揭**：真相全部暴露，一切都明明白白。昭，明顯；揭，舉。

165、**振聾發聵**：比喻用語言文字喚醒糊塗麻木的人，使人們清醒過來。聵，耳聾。

166、**捉襟見肘**：拉一下衣襟就露出胳膊肘兒，形容衣服破爛。也比喻困難重重，應付不過來。

167、**濯濯童山**：光禿禿無樹木的山。濯濯，光禿禿的樣子；童，禿。

168、**炙手可熱**：手一挨近就感覺得熱。比喻氣焰很盛，權勢很大。

169、**紫氣東來**：表示祥瑞，語出《列仙傳》。紫氣，祥瑞之氣。

170、**罪不容誅**：判死刑還抵不了他的罪惡。形容罪大惡極。誅，判處死罪。

171、**自怨自艾**：原指悔恨自己的錯誤，自己改正。現在只指悔恨。艾，治理，改正。

172、**空穴來風**：空穴是來風的條件，既能來風，必有空穴，傳聞有一定根據。大多用來表示毫無根據，完全用反了。

173、**屢試不爽**：經過多次試驗都沒有差錯。

174、**美輪美奐**：只能形容房屋高大美麗。媒體上凡形容美好事物皆用此語，錯。

175、**韋編三絕**：現用來形容勤奮刻苦的精神。

176、**侃侃而談**：「侃侃」本為剛直之意。談得理直氣壯才叫侃侃而談。人們大多用此語形容聊天，屬誤用。

177、**展眼舒眉**：高興的樣子；形容對人態度和悅。

178、**鐘靈毓秀**：指美好的自然環境產生優秀的人物。

179、**鼎力相助**：只用於對方或他人，不可用於自己，否則太不謙虛。

180、**一言九鼎**：說話有份量。不能表示守信用，也不能用於自己。

181、**首鼠兩端**：遲疑不決。常誤解為言行前後不一致。

182、**溢美之詞**：過分讚美的言詞。常誤用於褒義場合。

183、**脫穎而出**：比喻人才嶄露頭角。

184、**滄海桑田**：大海變成農田，農田變成大海。比喻世事變遷巨大。

185、**不可收拾**：無可挽救，不可救藥。常有人在「一發而不可收」這句慣用語後加一「拾」字，變褒為貶。

186、**出奇制勝**：作謂語，不帶賓語。說成「出奇制勝叛軍」之類則錯。

187、**不負眾望**：沒辜負大家的期望，褒義。

188、**不孚眾望**：未符合大家的期望，貶義。這兩個成語常被混用。

189、**義無反顧**：為正義而勇往直前。常被用於毫不猶豫的幹壞事，錯。

190、**粉墨登場**：妝化好了，登場演戲。今多用於貶義，比喻壞人登上了政治舞臺。

191、**望其項背**：可以趕上。只用否定形式。不少人用「只能望其項背」表示「趕不上」，錯。

192、**積重難返**：積重，積習深重；返，回頭。長時間形成的習慣，不易改變。多指惡習、弊端發展到難以革除的地步。

193、**拋磚引玉**：自謙之辭，不能用於對方或第三方。

194、**風聲鶴唳**：驚慌疑懼，常與「草木皆兵」連用。有人用「殺得風聲鶴唳」來形容戰鬥激烈，錯。

195、**敬謝不敏**：謝，推辭；不敏，無能。表示推辭做某事的婉辭。錯用於拒絕別人的要求。

196、**人滿為患**：強調人多的壞處，貶義。錯用於表示人很多的情景，如「櫃檯前人滿為患」之類。

197、**搔首弄姿**：形容婦人作態媚人。

198、**莘莘學子**：一批學子。

199、**死中求活**：在極為艱困的環境中奮鬥求生存。

200、**側目而視**：不滿而又懼怕地看著。常誤解為「目光輕蔑地看」。

201、**良莠不齊**：一群人中有好有壞，側重於品質。不用於水準、成績等。

202、**無所不至**：什麼壞事都幹。與「無微不至」有天壤之別。

203、**明日黃花**：過時的新聞報導或事物，不能寫作昨日黃花。

204、**評頭品足**：比喻在小節上過分挑剔、與中性的評議不同。

205、**休戚與共**：同歡樂共悲哀，與患難與共不同。

206、**置之度外**：不把生死利害等放在心上，與」置之不理」不同。

207、**翻雲覆雨**：比喻反覆無常或玩弄手段，不能表示氣勢宏偉。

208、**不經之談**：經，通常的道理；不經，不合道理。形容荒唐無根據的話。

209、**爭風吃醋**：因妒忌所引起的爭執。

210、**無可厚非**：不必作過嚴厲的批評，與無可非議程度不同。

211、**不速之客**：速，邀請。沒有經過邀請而突然到來的客人，指意想不到的客人。

212、**身臨其境**：常誤用為代替「設身處地」。

213、**煢煢孑立**：孑然一身，處境孤單，無依無靠，指一生，而不指某時。

214、**耿耿於懷**：形容心存怨恨。

215、**因人成事**：依靠別人把事情辦好，只能表貶義或自謙。

216、**耳提面命**：表示長輩的諄諄教導，不用於同輩之間和貶義。

217、**狡兔三窟**：狡猾的兔子有三個洞穴。原來比喻藏身的地方多，便於逃避災禍。現在多用貶義。

218、**評頭品足**：比喻在小節上過分挑剔。與中性的評議不同。

219、**咬文嚼字**：一般用於貶義，除非貶詞褒用。

220、**處心積慮**：貶義，褒義用「殫精竭慮」。

221、**火中取栗**：比喻冒險為別人出力而不知上當。

222、**忍俊不禁**：不能說「忍俊不禁地笑起來」。

223、**責無旁貸**：不能說「責無旁貸的責任」。

224、**參差不齊**：長短高低大小水準不一致，不用於時間等。

225、**繪聲繪色**：形容描寫生動逼真，常誤用作代替「有聲有色」。

226、**危言危行**：講正直的話，做正直的事，褒義。

227、**不可思議**：不可想像，不能理解，強調神秘奧妙。

228、**杞人憂天**：比喻不必要的或無根據的憂慮。

229、**不可向邇**：不能接近。

230、**氣味相投**：思想作風和意趣情調都一樣，互相合得來。

231、**一發而不可收**：行為不受控制或無法停住。

232、**一發不可收拾**：更加無法整頓。

233、**恰如其分**：形容說話辦事正合分寸。

234、**汗牛充棟**：只形容藏書很多，不用於其他事物。

235、**歎為觀止**：主語是人，如果主語是物，要說「令人歎為觀止」。
236、**賞心悅目**：主語是人，如果主語是物，要說令人賞心悅目。
237、**不可開交**：無法擺脫或結束，前面加「忙得」「打得」等。
238、**不亦樂乎**：不一定非樂不可，常用來表示達到極點的意思。
239、**平分秋色**：比喻雙方不相上下。
240、**每況愈下**：況，比擬，比方；愈，更加。情況越來越快。
241、**息息相關**：呼吸相關連，比喻關係密切。
242、**休戚相關**：比喻彼此間禍福互相關連。
243、**開宗明義**：宗，旨，指文章的主題，行動的目的等。指說話寫文章一開始就把主要意思點明。
244、**開源節流**：源，水源。比喻經濟上增加收入，節省開支。
245、**改弦更張**：比喻改革制度或變更方法。
246、**改弦易轍**：比喻改變方法或態度。以上兩詞都不代替「改邪歸正」。
247、**面目全非**：事物的樣子變得很厲害，貶義，指變得很糟。
248、**見異思遷**：意志不堅定，喜愛不專一，不表示選擇時猶豫不定。

249、**不足為訓**：不值得作為準則，與教訓無關。

250、**平鋪直敘**：可用為褒義，指文章不講究修辭，只把意思直接敘述出來。

251、**不恥下問**：不可用於比自己高明的人。

252、**諱莫如深**：諱，隱秘不說；深，事件重大。後來形容瞞得很緊，惟恐別人知道。

253、**水落石出**：事情的真像已經弄清，不表示追求正確答案或道理。

254、**望塵莫及**：比喻遠遠地落後，與鞭長莫及不同。

255、**苦心孤詣**：用盡心思刻苦鑽研，達到別人所不能達到的境界。苦心，刻苦的用心；孤詣，別人所達不到的。

256、**改頭換面**：只改形式，不換內容，貶義。

257、**語重心長**：言辭誠懇，情意深長。

258、**意味深長**：話語含蓄，帶有深意。

259、**一蹴而就**：一步就成功，不要誤解為一氣呵成。

260、**河清海晏**：河，黃河；晏，平靜。比喻天下太平。

261、**精衛填海**：精衛，神話中的鳥名。比喻意志堅定。

262、**循序漸進**：強調由淺入深的程式。

263、**耳聞目睹**：不能代替耳濡目染。

264、**光怪陸離**：色彩紛繁，現象奇異，中性，不要誤認為貶義。

265、**如履薄冰**：強調主觀心態之謹慎小心，而非客觀情況之危急。

266、**奇文共賞**：原是褒義，現多用於諷刺。

267、**流言蜚語**：毫無根據的話，多指背後議論、污蔑或挑撥離間的壞話。

268、**洛陽紙貴**：比喻著作風行一時。

269、**久假不歸**：假，借用；歸，歸還。長期的借用不歸還。

270、**左右逢源**：既指處世圓滑，又指做事得心應手。

271、**含糊其辭**：故意把話說得不清楚，不明確。

272、**疾首蹙額**：疾首，頭疼；蹙額，皺眉頭。形容厭惡、痛恨的樣子。

273、**目無全牛**：技藝十分純熟，常誤解為沒有全局觀念。

274、**集腋成裘**：腋，腋下，指狐狸腋下的皮毛；裘，皮衣。比喻積少可以成多。

275、**相敬如賓**：用於夫妻之間，常與舉案齊眉連用。

276、**信筆塗鴉**：隨手亂畫，不表示畫得又快又好。

277、**心有餘悸**：只用於對過去發生過的事還感到害怕。

278、**上行下效**：貶義，不用於表示群眾以幹部為榜樣。

279、**意氣用事**：憑感情辦事，缺乏理智，不表示「講義氣重感情」。

280、**敝帚自珍**：比喻東西雖然不好，但自己非常珍惜。

281、**格格不入**：不搭調、不合，即相牴觸的意思。

282、**趨之若鶩**：像鴨子一樣，成群地跑過去。多比喻許多人爭著去追逐不好的事物。

283、**差強人意**：原意是：很能振奮人的意志。現多用來表示「還算比較能讓人滿意」。

284、**曲突徙薪**：突：煙囪。把煙囪改建成彎的、搬開灶旁的柴禾，避免發生火災。比喻事先預防，以免發生危險。

285、**千夫所指**：受到眾人的指責。形容眾怒難犯。指：指責。

286、**附庸風雅**：依附於有才學的人。舊時指有些官僚、地主、商人為了裝點門面而結交名士，從事有關文化社交活動。

287、**窮而後工**：舊時認為文人處境困窮，詩就寫得好。工，巧妙。

288、**功敗垂成**：指事業在將要成功的時候遭到了失敗，含有惋惜之意。

289、**含英咀華**：把花朵含在嘴裡慢慢咀嚼。比喻欣賞、領會詩文的精華。

290、**懷瑾握瑜**：懷裡揣著瑾，手裡握著瑜。比喻人具有純潔而優美的品德。

291、**失之交臂**：指相距很近，擦肩而過。形容好機會離得很近，卻又當面錯過了。

292、**見仁見智**：意見不統一。使用中要注意防止前後矛盾。

293、**人微言輕**：指地位低微，言論主張不受重視，不起作用。

294、**如椽之筆**：像椽子一樣的大筆。多指大著作或重要的文字，也用以比喻比力雄健。

295、**水落石出**：事情的真像已經弄清，：不表示追求正確答案或道理。

296、**巧言令色**：指用花言巧語和假裝和善來討好別人。令，美好。

297、**樂不思蜀**：比喻樂而忘返或樂而忘本。

298、**一傅眾咻**：一個人教，許多人在旁擾亂。

299、**正本清源**：從根本上加以整頓、清理。形容徹底解決問題。

300、**慘無人道**：慘，殘酷狠毒。殘暴得滅絕人性。世上再沒有比這更慘的事。

304、**求全責備**：對人對事要求完美無缺。

302、**無所不為**：指什麼壞事都幹得出來，多用於貶義。

303、**登堂入室**：比喻學問、技藝或社會地位已經由淺入深、由低到高，達到了很高的境地。

304、**如雷貫耳**：像雷聲傳入耳朵那樣響亮。比喻人的名聲極大。

305、**數典忘祖**：指古代的禮制、歷史。比喻忘本，現也用來比喻對本國歷史的無知。

306、**捉襟見肘**：原指衣服破爛，生活窮困。後來也比喻顧此失彼，無法應付。

307、**投鼠忌器**：要用東西投擲老鼠，又怕砸碎了老鼠附近的用具。比喻有所顧忌，做事不敢放手。

308、**狗尾續貂**：比喻用不好的東西續在好東西的後面。後也用來比喻事物（多指文藝作品）的續作前後好壞不相稱，含貶義。用於自稱時，含謙義。

309、**鵲巢鳩佔**：喜鵲的巢被斑鳩所佔住。比喻壞人強佔別人的住處。

310、**奇貨可居**：指商人把難得的貨物囤積起來，等待高價出售。比喻人有某種獨特的技能或成就，拿它作為要求名利地位的本錢。

311、**囚首垢面**：形容久未梳頭和洗臉，儀容、衣著不整齊。

312、**人浮於事**：工作人員的數目超過工作的需要；事少人多。

313、**空穴來風**：空穴是來風的條件，既能來風，必有空穴，傳聞有一定根據。大多用來表示毫無根據，完全用反了。

314、**咬文嚼字**：一般用於貶義，除非貶詞褒用。

315、**面目全非**：事物的樣子變得很厲害，貶義、指變得很糟。

316、**投桃報李**：報答他人的好處，除非特意幽默，不表示報復。

317、**焦頭爛額**：比喻事情的困苦、疲敗。

318、**吉光片羽**：古代神話中的神馬名；片羽，一種羽毛。比喻殘餘僅存的古代文物。

319、**相敬如賓**：用於夫妻之間，常與舉案齊眉連用。

320、**心猿意馬**：形容心思不定，變化無常，如同猿跳馬奔。

321、**心慌意亂**：心神驚慌，忙亂。

322、**應接不暇**：指一路上風景優美，看不過來。後指景物繁多，來不及觀賞，也形容來人或事情太多接待應付不過來。物件是相對運動的景物、人或事情。

323、**餘音繞梁**：形容歌聲或音樂優美，餘音迴旋不絕。

324、**迴腸盪氣**：形容文藝作品或表演非常動人，耐人尋味。

325、**眾口鑠金**：比喻謠言多，可以混淆是非。

326、**有口皆碑**：所有人的嘴都是活的記功牌。比喻人人稱讚。

327、**無所不至**：原指沒有什麼達不到的地方，後指什麼壞事都做。

328、**無微不至**：沒有什麼細微之處照顧不到。形容關懷照顧得非常細緻周到。

329、**五光十色**：色彩鮮豔，花樣繁多。

330、**五顏六色**：形容色彩繁多。

331、**目無全牛**：技藝十分純熟。常誤解為沒有全局觀念。

332、**金碧輝煌**：形容建築物或陳設華麗精緻，光彩耀目。

333、**門可羅雀**：大門前面可張網捕雀。形容賓客很少，家裡很安靜，或社會交往很少。

334、**門庭若市**：門庭如同鬧市。原形容進諫的人很多。現形容來客眾多，非常熱鬧。

335、**望塵莫及**：仰望後塵，追趕不上。比喻遠遠落後。

336、**鞭長莫及**：本意為馬鞭雖長，但打不到馬肚上。後用以比喻力不能及。

337、**東山再起**：比喻人失勢後又重新恢復地位。比喻的對像是人。

338、**死灰復燃**：比喻已經停息的事物又重新活動起來（多指壞事）。可見這是一個貶義詞。

339、**目不暇接**：東西太多，眼睛看不過來。適用範圍比「應接不暇」小。對像是靜止不動的物品。

340、**哀而不傷**：哀，悲哀；傷，妨害。原來指悲傷不至於使人傷害身心。後形容詩歌、音樂優美雅致，感情適度，也比喻做事情適中，沒有過與不及之處。

341、**不知所云**：指說話人說得不好，而非聽者不理解。

342、**安時處順**：安於常分，順其自然，形容滿足於現狀。

343、**安土重遷**：重遷，把搬遷看得很重。在家鄉住慣了，不願輕易遷移。形容留戀故土。

344、**愛屋及烏**：因為愛那個人，而連帶愛護停留在他屋上的烏鴉。比喻因為喜愛一個人而連帶喜愛跟他有關的人或物。

345、**安步當車**：安，安詳，不慌不忙；步，行，行；當，當作。古代貴族出外都要乘車，因此用安步當車稱人能安貧守賤。現在多用於表示不乘車而從容步行。

346、**安貧樂道**：安貧，安於貧困；樂道，以守道為樂。處於貧困境地，仍以守道為樂。這是儒家提倡的態度。

347、**安身立命**：生活有著落，精神有所寄託

348、**安之若素**：安，心安；之，文言代詞，代人或事；素，平常。對困窘的遭遇毫不在意，心情平靜得跟往常一樣。現在也指對錯誤的言論和行為不聞不問，聽之任之。（遇到不順利情況或反常現象）像平常一樣對待，毫不在意。

349、**改頭換面**：只改形式，不換內容，貶義。

350、**按圖索驥**：索，尋找；驥，好馬。原來比喻辦事拘泥於教條，現在也指照線索去尋

找事物。

351、**暗渡陳倉**：指稱作戰時在正面迷惑敵人，在側面突然襲擊的策略；還用以比喻暗中進行的活動（多指男女間不正常的行徑）。

352、**黯然銷魂**：黯然，心情沮喪的樣子，銷魂，靈魂離開了軀殼。心情沮喪得好像失去了靈魂。形容極度的悲傷或愁苦。

353、**對牀夜雨**：比喻與朋友、兄弟同住的意思。

354、**百身何贖**：百身，意為死一百次；何，怎麼；贖，抵罪。意思為自身死一百次也換不過來。比喻對死者極其沉痛的哀悼。

355、**白駒過隙**：白駒，原來指駿馬，後來指日影；隙，空隙。比喻時間過得飛快，像駿馬在細小的縫隙前一閃而過（見於《莊子．知北遊》）。

356、**稗官野史**：稗官，古代的小官，專給帝王述說街談巷議、風俗故事，後來稱小說為稗官；野史，古代私家編撰的史書。泛稱記載逸聞瑣事的作品為稗官野史。

357、**百無聊賴**：聊賴，依賴，精神上的依託。後來表示思想情感沒有依託，精神空虛無聊。

358、**百足之蟲，死而不僵**：原指馬陸這種蟲子被切斷致死後仍然蠕動的現像。現用來比喻人或集團雖已失敗，但其勢力和影響依然存在（多含貶義）。

359、**班荊道故**：班，鋪開；荊，黃荊，一種灌木；道，談說；故，過去的事情。用黃荊鋪地，坐在上面談過去的事情。形容朋友途中相遇，共話舊情。

360、**抱殘守缺**：抱，堅持不放。守住陳舊、殘破的東西，不肯放棄。原來比喻泥古守舊，現在比喻思想保守，不肯接受新事物。

361、**抱薪救火**：薪，柴。比喻用錯誤的方法去消滅災害，反而使災害擴大。

362、**暴虎馮河**：暴虎，徒手搏虎；馮河，徒步過河。比喻有勇無謀，冒險行事。

363、**暴戾恣睢**：暴戾，兇狠殘暴；恣睢，放縱，任意幹壞事。

364、**暴殄天物**：暴，損害糟蹋；殄，滅絕；天物，指草木、鳥獸等。原來指滅絕各種自然生物，後來泛指任意損害、糟蹋物品。

365、**杯弓蛇影**：比喻疑神疑鬼，自相驚擾。

366、**百尺竿頭，更進一步**：百尺竿頭，百尺高的竿子，佛教用以比喻道行修養到極高的境界。後來泛用以鼓勵人們不要滿足於取得的成就，還要繼續努力，不斷前進。

367、**阪上走丸**：阪，斜坡；走，快跑，指很快的滾動；丸，彈丸。形容形勢發展很快，就像斜坡上滾彈丸一樣。

368、**鞭辟入裡**：鞭辟，鞭策，激勵；裡，最裡層。意思是要學得切實。現在多用於形容言辭或文章的道理很深刻、透徹。

369、**陳言務去**：陳言，陳舊的言辭；務，務必，一定。陳舊的言辭一定要去掉，多指寫作時排除陳舊的東西，努力創新。

370、**畢其功於一役**：畢，盡，完成。一次戰役就完全成功或一下子把幾項任務都完成了。

371、**閉門造車**：原來是按同意規格，關起門來造車子，用起來自然合轍。後人反其意用之，比喻不問客觀實際，不進行調查研究，單憑主觀想像處理問題。

372、**敝帚千金**：敝，破舊。自家的一把破掃帚，卻把它看得價值千金。比喻東西雖然不好，自己卻非常珍視。注意「敝」的寫法。

373、**循序漸進**：強調由淺入深的程式。

374、**別出機杼**：機杼，織布機，這裡比喻作文的命意構思。比喻寫作不因襲前人，開闢新路。

375、**表裡山河**：內有高山，外有大河。比喻地勢險要。

376、**不逞之徒**：不逞，不如意，欲望沒能滿足。以後就稱犯法或搗亂鬧事的人為不逞之徒。

377、**不齒於人類**：齒，並列。

378、**望塵莫及**：比喻遠遠地落後，與鞭長莫及不同。

379、**如意算盤**：自操勝算，有一廂情願之意。

380、**滿城風雨**：比喻消息一經傳出，就到處轟動起來，議論紛紛。

381、**貌合神離**：表面關係密切，而實際懷著兩條心。

382、**沐猴而冠**：沐猴，獼猴；冠，戴帽子。比喻本質不好，而裝扮得很像樣。

383、**不一而足**：足，充足，足夠。意思是不能因其一件事而滿足。後來指同類的事物或情況很多，不止一件或不止出現一次。

384、**不虞之事**：虞，預料。沒有料想到的事。

385、**泥沙俱下**：比喻好壞不等的人或事物混雜在一起。

386、**披肝瀝膽**：披，揭露，揭開；瀝，向下滴。比喻竭盡忠誠，開誠相見。

387、**不修邊幅**：邊幅，本指布帛的邊緣，比喻儀表、衣著、生活作風。原來形容為人不拘小節，後來也形容不注意衣著、容貌的整潔。

388、**不易之論**：易，更改。完全正確，不可更改的言論。

389、**不足為訓**：訓，法則。不值得作為遵循或效法的法則。

390、**步人後塵**：後塵，走路時後面揚起的塵土。跟在別人後面走。比喻追隨、模仿別人，走上別人走過的老路。

391、**萍水相逢**：比喻不相識的人偶然相遇。

392、**慘澹經營**：慘澹，費盡心思；經營，謀劃並從事某項事情。形容費盡心思於謀劃和從事某項事情。

393、**滄海橫流**：滄海，指大海；橫流，指水向四方奔流。比喻政治混亂，社會動盪不安。

394、**老驥伏櫪**：形容人雖老邁，卻仍心懷壯志。

395、**草菅人命**：草菅，野草。把人命看得跟野草一樣。指反動統治階級輕視人命，任意殺戮。

396、**屢試不爽**：爽，差錯。經過多次試驗都沒有差錯。

397、**嘗鼎一臠**：品嘗鼎鍋中的一塊肉就可以推知整鍋食物的滋味。比喻根據部分可以推知全體。

398、**出類拔萃**：出，超過；類，同類；拔，超出，萃，草叢生的樣子。形容品德、才能超出一般的人。

399、**從善如登**：表示做好事很不容易。

400、**差強人意**：差，稍微，比較；強，振奮。原來指還算能振奮人的意志。現在表示大體上能夠使人滿意。

401、**開門揖盜**：揖，作揖，表示歡迎。比喻引進壞人，自招禍患。

402、**滄海遺珠**：大海裡的珍珠被採珠者所遺漏。比喻埋沒人才或被埋沒的人才。

403、**蟾宮折桂**：蟾宮，月宮；折桂，指人考中進士。舊時指人登科。

404、**瞠目結舌**：瞪著眼睛說不出話。形容窘迫或驚呆的樣子。

405、**城門失火**，殃及池魚：殃，災禍；池，護城河。比喻無緣無故受連累。

406、**涸轍之鮒**：乾困在車轍溝裡的鯽魚。比喻處於困境急待援助的人。涸，水乾枯。

407、**皮裡陽（春）秋**：形容表面不批評別人而心中自有褒貶。

408、**魑魅魍魎**：傳說中的妖怪，現在用來比喻各種各樣的壞人。

409、**充耳不聞**：充，堵塞。塞住耳朵不聽。形容存心不聽別人的話。

410、**抽薪止沸**：抽去鍋下的柴草來停止鍋裡開水的沸騰，比喻從根本上解決問題。同釜底抽薪（揚湯止沸：比喻方法不徹底。）

411、**出水芙蓉**：原來比喻詩歌寫得清新，後來比喻女性的美麗。

412、**晨鐘暮鼓**：寺院裡早晚用來報時的鐘鼓。後用來形容僧尼孤寂的生活，也用來比喻讓人警醒的語言。

413、**礎潤知雨**：屋的基石。看到基石濕潤就知道要下雨。比喻任何事物的發生都是有徵兆的。

414、**吹毛求疵**：求，尋找；疵，小毛病。比喻故意挑剔別人的缺點錯誤。

415、**春風化雨**：能長養萬物的風和雨。後用來指良好教育的普遍深入。也常用來稱頌師長的教誨。

416、**春秋筆法**：孔丘修訂《春秋》語句中含有褒貶。後人就指文筆曲折而意含褒貶的文字為「春秋筆法」。

417、**蹉跎歲月**：蹉跎，時間白白過去。形容虛度光陰。

418、**錯彩鏤金**：錯，塗飾；鏤，刻。塗繪五彩，雕刻金銀，裝飾的十分工麗。形容文學作品辭彙絢爛。

419、**大而無當**：雖然很大，但不實用。

420、**大方之家**：大方，大道理，引申為見識廣博。指學識淵博或專精於某種技藝的人。

421、**大放厥詞**：厥，其，代詞，他的。現在指大發議論，多是貶義。

422、**椎心泣血**：椎心，捶打胸脯；泣血，悲切得哭不出聲音，就像眼睛中要流淚一樣。形容悲痛到了極點。

423、**唇齒相依**：嘴唇和牙齒互相依靠，不能離開。比喻關係密切，互相依存。

424、**唇亡齒寒**：嘴唇沒有了，牙齒就會感到寒冷。比喻關係密切，厲害共同。

425、**大腹便便**：腹，肚子；便便，肥大的樣子。肚子肥大，多形容孕婦和剝削者。

426、**大相徑庭**：勁庭，相差很大。形容彼此相去很遠。

427、**大巧若拙**：真正靈巧的人，不自己炫耀，表面好像很笨拙。

428、**待價而沽**：沽，出賣。等待高價出售。舊時比喻某些人等待時機出來作官。

429、**戴月披星**：形容早出晚歸，也形容不分晝夜地走路或在野外辛勤的勞作。

430、**激濁揚清**：激：沖去；濁，髒水；清，清水。原來比喻除去壞人，獎勵好人。現在比喻發揚好的，去除壞的。

431、**左右逢源**：既指處世圓滑，又指做事得心應手。

432、**登堂入室**：比喻學問或技藝由淺入深，循序漸進，達到高深的地步。也寫作升堂入室。

433、**得隴望蜀**：比喻人貪得無厭，得到了這個，還想那個。

434、**洞若觀火**：形容觀察事物極其分明，透徹深刻，就像看火一樣。

435、**涇渭分明**：涇河水清，渭河水渾，涇河的水流入渭河時，清濁不混，比喻界限清楚。

436、**殫精竭慮**：耗盡精力，費盡心思。竭，用盡；慮，思索。

437、**等量齊觀**：等，同等；齊，一樣地。指對有差別的事物同等看待

438、**多事之秋**：秋，年歲，時候。事變很多的時期。形容國家不安定。

439、**咄咄逼人**：咄咄，使人驚懼的聲音。原來形容說話傷人，令人難受。現在形容氣勢洶洶，盛氣淩人。也指形勢發展很快，促使人努力趕上。

440、**咄咄怪事**：咄咄，嘆詞，表示驚詫。用來形容使人驚訝的怪事。

441、**豆蔻年華**：舊時指女子十三、四歲為豆蔻年華。

442、**東施效顰**：比喻不知道別人好在哪裡，自己又沒有條件而胡亂去學。

443、**燈紅酒綠**：形容尋歡作樂的腐化生活。

444、**道貌岸然**：道貌，正經、嚴肅的外貌；岸然，嚴肅不易接近的樣子。形容外貌嚴肅正經。現多用貶義。

445、**斷鶴續鳧**：截短鶴的長腿，續接野鴨的短腿。比喻強行違反自然規律辦事。

446、**道路以目**：舊時形容社會的黑暗和同志者的暴虐。

447、**爾虞我詐**：爾，你；虞，欺騙；你欺騙我，我欺騙你。彼此互相玩弄手段。

448、**耳鬢廝磨**：鬢，面頰兩邊的頭髮；廝，互相。形容親密相處的情景。指小兒女的相愛。

449、**惡衣惡食**：粗劣的衣食。

450、**風聲鶴唳**：驚慌疑懼，常與「草木皆兵」連用。有人用「殺得風聲鶴唳」來形容戰鬥激烈，錯。

451、**耳提面命**：不但當面指教，而且揪著耳朵叮囑，希望他永不忘記。形容教誨殷切。

452、**耳聞目睹**：不能代替耳濡目染。

453、**發憤圖強**：發憤，下定決心努力。圖，謀求。下定決心，努力謀求強盛。

454、**發聾振聵**：聵，耳聾。發出很大的聲響，使耳聾的人也能聽見。比喻用語言文字喚醒糊塗的人。也作振聾發聵。

455、**髮指眥裂**：髮指，頭髮向上直豎；眥裂，眼眶睜得開裂。形容憤怒到了極點。

456、**幡然悔悟**：幡然，大轉變的樣子。形容很快悔改醒悟。

457、**拋磚引玉**：自謙之辭，不能用於對方或第三方。

458、**犯而不校**：犯，觸犯；校，計較。別人觸犯了自己也不計較。

459、**方興未艾**：方，正在；興，興起；艾，停止。事物正在發展，沒有停止。多形容形勢或事物正在蓬勃發展。

460、**防微杜漸**：微，細小，指事物的苗頭；杜，杜絕，堵塞；漸，事物的開端。在壞思想、壞事物剛冒頭的時候就加以制止，不使其發展。

461、**匪夷所思**：匪，不是；夷，平常。原來指一般人想不到的人。後來指思想離奇。

462、**鳳毛麟角**：鳳凰的毛、麒麟的角。比喻罕見而珍貴的人才或事物。

463、**飛揚跋扈**：飛揚，放縱；跋扈，蠻橫。多指蠻橫放肆，目中無人。

464、**放浪形骸**：放浪，放縱，不受拘束；形骸，形體。行動沒有拘檢。舊指不受世俗禮法的束縛。

465、**焚膏繼晷**：焚，燒；膏，油脂，燈炷；晷，日光。點著燈炷接替日光來照明。形容夜以繼日的工作或學習。

466、**挨山塞海**：形容人非常之多。

467、**風雨如晦**：晦，夜晚，昏暗。又是颳風，又是下雨，天色昏暗得像夜晚一樣。比喻動亂或黑暗的年代。

468、**奉為圭臬**：圭臬，比喻事物的準則。把某些事物、言論奉為準則。

469、**浮光掠影**：浮光，水面上的反光；掠，輕輕擦過，閃過。水面的反光，一閃而過的影子。比喻觀察不細緻，學習不深入，印像不深刻。

470、**俯仰之間**：在頭一低一抬的時間裡。形容時間極短。

471、**風起雲湧**：大風起來，烏雲湧現，雷電交加。比喻事物迅速發展，聲勢浩大。

472、**付之一炬**：給它一把火，指全部燒毀。也說付諸一炬。

473、**既往不咎**：既，已經；往，過去；咎，責備，加罪。對過去做錯的事不再責備。

474、**瓜田李下**：「瓜田不納履，李下不整冠」原詩字面的意思是：在瓜地裡，不要彎腰提鞋；在結著李子的樹下，不要舉手整地帽子。意思是讓人們要注意自己所處的地位，避免嫌疑。而瓜田李下就是指容易發生嫌疑的地方。

475、**高山流水**：《列子・湯問》：『伯牙善鼓琴，鐘子期善聽。伯牙鼓琴，志在登高山，鐘子期曰：「善哉，峨峨兮若泰山！」志在流水，鐘子期曰：「善哉，洋洋兮若江河！」』後來比喻知音或樂曲高妙。

476、**高山仰止**：像仰望高山那樣，對偉大的人物表示仰望和崇敬。仰，仰望，嚮往。常與「景行行止」連用，合為「高山景行」（語本《詩．小雅．車轄》。高山，喻道德崇高；景行，大路，喻行為正大光明。後因以「高山景行」指崇高的德行。）止。都為語氣詞。

477、**刻鵠類鶩**：鵠，天鵝；鶩，鴨。刻畫天鵝不像，但還像個鴨子。意思是仿效得雖然不太逼真，但還相似。

478、**膾炙人口**：膾，細切的肉；炙，烤肉。比喻人人讚美和傳誦。（多指詩文）

479、**鬼使神差**：使、差，派遣，指使。比喻事情的發生完全出於意外。

480、**甘之如飴**：甘，甜，引申為情願、樂意；飴，麥芽糖。把它看得像糖一樣甜。比喻樂意從事某種辛苦的工作，勇於承擔最大的犧牲。

481、**狗尾續貂**：比喻用不好的東西續在好東西的後面。

482、**過猶不及**：猶，如、同；不及，趕不上。過頭了同不及一個樣。

483、**隔靴搔癢**：在靴子外面搔癢。比喻說話、作文不中肯、不貼切，沒有抓住要點。也比喻做事不切實際，不解決問題，徒勞無功。

484、**擿奸發伏**：將隱伏的醜事揭發出來。

485、**功敗垂成**：垂，接近。事情快要成功的時候，遭到了失敗。含有惋惜的意思。

486、**剛愎自用**：剛，強硬；愎，任性；自用，只憑自己的主觀意願行事。

487、**剛正不阿**：只要求讀音ㄜ曲從，迎合。

488、**功虧一簣**：虧，差，欠；簣，盛土的筐。比喻一件事只差一點未能完成，含有惋惜的意思。

489、**沽名釣譽**：沽，買；釣，騙取。故意做出或用某種手段以騙取名譽。

490、**靡靡之音**：靡靡，柔弱，萎靡不振，多形容音樂。柔弱、頹廢、萎靡不振的音樂。

491、**毀家紓難**：毀家，分散家財；紓，緩解，緩和。捐獻全部家產，解救國難。

492、**皮之不存，毛將焉附**：比喻基礎沒有了，建築在基礎上的東西也就無法存在。

493、**邯鄲學步**：比喻生硬的模仿，不但學不到人家的本領，反而連自己固有的長處也丟掉了。

494、**汗牛充棟**：形容書籍很多。汗牛，指用牛拉車運書，牛累得出汗；充棟，指書堆滿了屋子，一直頂到房樑。

495、**含英咀華**：口中含著花慢慢地咀嚼。比喻細細地玩味和體會文章的精華。

496、**渙然冰釋**：像冰塊遇熱，一下就溶解了。比喻疑慮、誤會很快就消除了。

497、**火中取栗**：比喻受人利用，冒險，白吃苦頭，自己得不到好處。

498、**禍起蕭牆**：禍亂就發生在內部。蕭牆，宮室內的照壁，比喻內部。

499、**厚此薄彼**：重視優待這個，輕視、冷淡這個。形容不平等相待。厚，優待、看重；薄，看不起；彼，那個。

500、**駭人聽聞**：使人聽了非常震驚。駭，驚嚇。

輯二 CHAPTER 2 成語分類詞典

✯勤奮類

1、**發憤忘食**：用功學習，努力工作，忘記了吃飯。後泛用以形容十分勤奮。

2、**勤能補拙**：勤奮能彌補先天的笨拙。

3、**生於憂患，死於安樂**：意思是憂患使人勤奮，因而得生；安樂使人怠惰，因而致死。

4、**手不釋卷**：手中放不下書本（釋：放開；卷：書本）。形容勤奮學習或看書入迷。

5、**夙興夜寐**：夙：早；興：起來；寐：睡。起早睡晚。形容勤奮不懈。

6、**夙夜匪懈**：日夜勤奮，不怠惰（夙夜：早晚；匪：不）。同「夙夜不懈」。

7、**韋編三絕**：韋：熟牛皮。韋編：古代用竹簡寫書，用熟牛皮條把竹簡編連起來，叫做「韋編」。三：概數，指多次。絕：斷。後形容讀書勤奮。

8、**孜孜不倦**：孜孜：勤勉的樣子。形容勤奮努力，永不厭倦。

9、**絕少分甘**：指自己刻苦，待人優厚。

10、**苦心孤詣**：費盡心思地鑽研或經營，到了別人所達不到的地步（苦：刻苦地用心；孤詣：別人所達不到的境地）。有時意義偏重在「苦心」上，刻苦的用心，形容獨自所費的極大心思。

11、**臥薪嚐膽**：睡在柴草上，經常嘗苦膽。比喻刻苦自勵，發憤圖強，立志報仇雪恥。

12、**懸樑刺股**：形容刻苦學習。

13、**風餐露宿**：形容行旅生活的艱苦。也作「風餐露宿」、「餐風露宿」。

14、**幕天席地**：把天當作幕，把地當作席。本來形容胸襟曠達。現在也形容野外生活中不畏艱苦的豪情。

15、**千辛萬苦**：各種各樣的艱辛困苦。極其辛苦。

16、**任勞任怨**：承受勞累，承受埋怨。形容為眾人的事不辭勞苦，不怕埋怨。

17、**任重道遠**：負擔沉重，道路遙遠。比喻擔負著重大的責任又要經歷長時間的艱苦奮鬥。

18、**茹苦含辛**：形容忍受辛苦（茹：吃）。同「含辛茹苦」。

19、**深稽博考**：稽：查考。深入地稽核廣泛地考查。形容苦心鑽研學問。

20、**十載寒窗**：載：年；寒窗：指在寒冷的窗下讀書。形容讀書人長期苦讀的生活。也作「十年窗下」。

21、**歲寒知松柏**：比喻只有經過艱苦的考驗才能看出一個人的品質。

22、**停辛佇苦**：停：停留；佇：久立，儲存。辛苦纏身，長期不去。形容備受辛苦。

23、**同甘共苦**：甘：甜的。一同嘗甜的，也一同吃苦的。比喻同歡樂，共患難。

24、**推燥居濕**：意思是把乾的地方讓給幼兒，自己睡在孩子便溺後的濕處。形容育兒的辛勤勞苦。

25、**拖兒帶女**：帶領著兒子和女兒。多形容生計艱難或旅途辛苦。

26、**後難後獲**：難：指勞苦。先勞苦而後收穫。形容不坐享其成。

27、**雪窗螢幾**：雪窗：晉孫康家貧無燭，常映雪讀書。螢幾：晉車胤家貧無油，夏夜囊螢照書。比喻貧窮苦讀。

28、**鑿壁偷光**：鑿開牆壁，借鄰家的燈光讀書。後用以形容勤學苦讀。

29、**櫛風沐雨**：風梳頭，雨洗頭。形容人經常冒著風雨辛苦奔波。

30、**白手起家**：比喻條件不好，基礎很差，卻是自力更生艱苦奮鬥，創立一番事業。

31、**飽經風霜**：形容長期地經歷過艱難困苦生活的磨練（風霜：比喻艱苦的生活）。

32、**不入虎穴，焉得虎子**：焉：怎麼。不進老虎洞，怎麼能捉到小老虎呢？比喻不冒危險，不經歷最艱苦的實踐，就不能取得重大的成就。

33、**朝乾夕惕**：從早到晚勤勤懇懇兢兢業業，從不懈怠（乾：自強不息；惕：小心謹慎）。

34、**克勤克儉**：克：能。能夠勤勞，又能夠節儉。

35、**披星戴月**：身披星星，頭戴月亮。形容早出晚歸，也形容不分晝夜地奔波或在野外辛勤勞動。

36、**胼手胝足**：手上腳上都生起「老繭」來。形容長期的辛勤勞動（胼胝：俗稱「老繭」）。

37、**起早貪黑**：很早就起來幹活，天黑了還想再幹。形容辛勤勞動。

38、**勤儉持家**：勤勞節儉地操持家務（持家：料理家務）。

39、**勤能補拙**：勤奮能彌補先天的笨拙。

40、**拳不離手，曲不離口**：拳：拳術；曲：歌曲。比喻經常勤學苦練，以求工夫純熟。

41、**宵衣旰食**：旰：晚。天不亮就穿衣起身，天晚了才吃飯。多用來形容勤於政事。

42、**賓至如歸**：客人到了這裡就像回到家中一樣，形容招待殷勤、周到，起居飲食舒適。

43、**困知勉行**：人的知識必須克服困難而得到；人的品德必須勉勵與強制自己去實踐才能成功。

✰品德類

1、**冰壺秋水**：比喻民地純潔，品德高尚。

2、**高山景行**：高山：比喻道德高尚；景行：大路，比喻行為光明正大。比喻崇高的德行。意思是品德像大山一樣崇高的人，就會有人敬仰他；行為光明正大的人，就會有人效法他。

3、**高山仰止**：像高山一樣只可仰望。比喻對崇高品德的仰慕。

4、**光風霽月**：雨過天晴，風清月明。比喻太平盛世，也比喻胸懷坦白，品德高尚。

5、**懷瑾握瑜**：瑾、瑜：美玉。比喻人具有美好而純潔的品德。

6、**見賢思齊**：看到品德好風格高的人就想學得跟他一樣。

7、**困知勉行**：人的知識必須克服困難而得到；人的品德必須勉勵與強制自己去實踐才能成功。

8、**良金美玉**：比喻人品德很好。也比喻文章寫得完美。

9、**麟鳳龜龍**：麟：麒麟，古代傳說中的靈獸。鳳：鳳凰，古代傳說中的鳥王。龜：指古代傳說中的神龜。龍：古代傳說中能升天布雨的有鱗有須的神異動物。這四種動物都是古代像徵吉祥、高貴和長壽的珍奇動物。後來常用以比喻品德高尚的好人。

10、**難兄難弟**：原指兄弟品德才能相當，難分高下。現多指兩個人同樣的壞。

11、**品學兼優**：品德學問都很好。

12、**人非聖賢，孰能無過**：聖賢：聖人和賢人，舊指品德和才智都完美無缺的人；孰：誰。意指一般人不是聖人和賢人，誰能沒有過失呢？

13、**衣冠梟獍**：梟：傳說是母的惡鳥；獍：傳說是吃父的惡獸。穿衣服戴帽子的禽獸。比喻忘恩負義、品德極壞的人。

14、**冰清玉潔**：像冰和玉一樣潔淨。多比喻人品高尚、純潔，光明磊落。

15、**德才兼備**：既有高尚的思想品質，又有高超的才能（兼備：同時具備）。

16、**高風亮節**：高風：高尚的品格。亮節：堅貞的節操。形容品格和行為都很高尚。高尚的品格，堅貞的節操。

17、**金聲玉振**：用鐘發聲，用磬收韻，集眾音之大成。比喻德行高尚，才學卓絕，也比喻文辭優美。

18、**聖經賢傳**：聖、賢：聖人和賢人，指品格高尚，智慧最高超的人。經：指儒家奉為典範的著作。傳：為經所作的注釋。舊稱儒家的代表性著作為「聖經賢傳」。

19、**以小人之心，度君子之腹**：小人：指道德品質不好的人；度：推測；君子：指品行高尚的人。拿卑劣的想法去推測正派人的心思。

20、**志士仁人**：原指有高尚志向和道德的人。現泛指愛國的願意為革命事業出力的人。

21、**德高望重**：道德高，名望重。也作「德隆望重」。隆：崇高，深厚。望：聲望。

22、**山高水長**：像山一樣高聳，像水一樣長流。原來比喻人的崇高風度或名譽像山和水一樣永久流傳。現在有時比喻恩德情誼的深厚。

23、**高山流水**：有山有水的自然景色。比喻知音難得或樂曲高妙。

24、**仰之彌高**：仰望更顯得崇高（彌：越加，更加）。表示景仰。

25、**璞玉渾金**：璞玉：未經雕琢的玉；渾金：未經冶煉的金子。指天然美質，沒有加過人工的修飾。比喻人的品質純樸，還沒有受過壞影響。也作「渾金璞玉」。

26、**歲寒知松柏**：比喻只有經過艱苦的考驗才能看出一個人的品質。

27、**卑鄙齷齪**：齷齪：骯髒。形容品質、行為惡劣。

28、**黃花晚節**：黃花：指菊花，因菊能傲霜耐寒，常用來比喻人有節操；晚節：晚年的節操。比喻人能保持晚節。

✰情感類

1、**大驚小怪**：形容對不足為奇的事情感到驚訝。

2、**哀而不傷**：哀：悲哀；傷：傷害，妨害。形容詩歌、音樂優美雅致，感情適度。也比喻做事適中，沒有過與不及之處。

3、**哀感頑豔**：頑：愚笨；豔：慧美。原來形容一個歌童唱的歌悲惻動人，使愚笨和慧美的人都為所感動。後來轉用以評述某些抒情的文藝作品，意義也轉為哀怨、感傷、古拙、綺麗同時具備。

4、**愛莫能助**：莫：沒有誰，不。語出《詩經》「愛莫助之」。（愛：隱藏）原意是因為隱而不見，所以誰也不能幫助他。雖然同情但無力幫助。愛：同情。

5、**暗送秋波**：指女以目傳情（秋波：秋水清澈明淨，比喻明亮的眼睛），喻指獻媚取寵，暗中勾結。

6、**黯然神傷**：情緒低落，精神沮喪，心情憂傷（黯然：心神沮喪的樣子）。

7、**黯然失色**：暗淡地失去光澤（黯然：陰暗的樣子），形容相形之下顯得遜色，也形容神情沮喪，無精打采。

8、**白頭如新**：白頭：老年，這裡形容時間很長；新：新近。相識已久，還同才認得的一樣。形容交情不深。

9、**百無聊賴**：（思想感情）無所寄託，感到什麼都沒有意思（聊賴：依賴，寄託）。

10、**百爪撓心**：一百隻鳥獸的爪子在心裡抓。喻指痛心，擔心，傷心，心情不安。

11、**班荊道故**：班：鋪開；荊：黃荊，一種落葉灌木；道：談說；故：過去的事情。用黃荊鋪地，坐在上面談說過去的事情。形容朋友途中相遇，共話舊情。

12、**不動聲色**：話音和表情不因外界的影響而有所變動。多形容冷靜、鎮定。

13、**不分彼此**：彼：那，對方；此：這，我方。不分你我。形容關係密切，交情深厚。

14、**不露聲色**：思想感情不從語音和臉色上流露出來。

15、**不能自已**：自己無法停止（已：停止）。多指無法控制自己的感情。

16、**不情之請**：不近人情的請求。常用作向人求助的客氣話。

17、**不上不下**：上不去，下不來。形容進退無著落，事情不好辦。

18、**不省人事**：省：知道。昏迷，失去了知覺。也指不懂得人情世事。

19、**不為已甚**：為：做；已甚：過火的事。指不做過分的事情。

20、**藏頭露尾**：形容遮遮掩掩怕暴露真情。

21、**側隱之心**：同情遭受不幸的人而引起的憐憫的心理。

22、**側目而視**：斜著眼睛看（人）。形容對人鄙視、憎恨或畏懼。

23、**插科打諢**：穿插進一些逗趣的動作、表情或話語（科：古典戲曲中的表情和動作；諢：恢諧逗趣的話）。

24、**纏綿悱惻**：形容內心苦悶難以排遣，也指詩文等感情深沉，言辭婉轉。

25、**悵然若失**：心中迷離恍惚，沒有了主意。形容神志迷亂，心情忐忑的樣子。

26、**瞠目結舌**：瞪著眼睛說不出話來。形容窘迫或驚呆的表情。

27、**癡男怨女**：沉醉於情愛中的青年男女。

28、**愁眉苦臉**：皺著眉頭，苦喪著臉（苦臉：愁苦的面容）。形容憂愁苦惱的臉部表情。

29、**愁眉鎖眼**：雙眉緊鎖，眼皮下垂。形容憂愁苦惱的表情。

30、**楚楚有致**：整潔鮮明，富有情趣。

31、**楚楚動人**：鮮明整潔，灑脫出眾，使人覺得生動可愛（楚楚：鮮明整潔，灑脫出眾的樣子）。

32、**楚楚可憐**：原指幼松叢生柔弱可愛，後形容姿態嬌美嫵媚，令人憐愛。

33、**捶胸頓足**：敲打胸口，跺著雙腳。形容悲傷、悔恨的情態。

34、**春風得意**：舊時形容士子考中進士後的得意心情。現亦形容事成後心滿意足的情態。

35、**從一而終**：始終如一。多指感情專一，不三心二意。封建社會還指一女不事二夫，夫死終身守寡的封建教條。

36、**打情罵俏**：相互假意打罵，藉以調情。

37、**大言不慚**：說大話而不感到難為情（慚：害臊，慚愧）。

38、**盪氣迴腸**：形容文筆生動，表演動人，有時也形容感情強烈，情緒激昂。

39、**抵足而眠**：腳碰腳地睡眠。形容雙方情誼深厚。

40、**多愁善感**：善：好經常憂愁，容易感傷。形容感情脆弱。

41、**恩斷義絕**：恩愛、情義斷絕。多指夫妻間感情破裂，而致離異。

42、**恩重如山**：恩情像山一樣深重。

43、**兒女情長**：青年男女戀情纏綿，難分難捨。

44、**耳鬢廝磨**：鬢：面頰兩旁的頭髮；廝：互相。形容親密相處的情景。

45、**翻江倒海**：形容水勢浩大，比喻聲勢或力量巨大，也比喻情緒、心思波動得厲害。

46、**甘極如飴**：像飴糖似的甜美。比喻甘心情願受苦或就死。

47、**甘心情願**：完全出於自願。形容自願作出某種犧牲。

48、**甘之如飴**：甘：甜，引申為情願，樂意；飴：麥芽糖漿。像飴糖似的甜美。比喻甘心情願受苦或就死。

49、**肝腦塗地**：形容人慘死的情景。也表示盡忠竭力，萬死不辭。

50、**高歌猛進**：大聲歌唱，勇猛前進。形容情緒高漲，鬥志昂揚，大踏步地前進。

51、**槁木死灰**：槁：枯乾。枯乾的樹木，冷了的爐灰。比喻毫無生氣或心情極端消沉。

52、**耿耿忠心**：非常忠誠的思想感情。

53、**古道熱腸**：古道：上古時代的風俗習慣，形容厚道；熱腸：熱心腸。形容待人真摯、熱情。

54、**歸心似箭**：形容返回的心情十分迫切。

55、**海誓山盟**：男女指山、海發誓，表示愛情要像山、海那樣永恆不變。

56、**含情脈脈**：深沉的溫情從眼神中流露出來。多形容女子微含嬌羞而又無限關切的情態。

57、**含飴弄孫**：嘴裡含著飴糖逗小孫子（飴：麥芽糖）。形容老年人的閒情樂趣。

58、**豪放不羈**：形容人性情豪邁，不受拘束。

59、**豪情壯志**：豪壯的心情，雄偉的理想。

60、**好景不常**：景：光景，時機。好的光景不能永遠存在。常用來表達感傷的心情，現多用於貶義。

61、**好景不長**：美麗的風景不能永遠存在；表示對美好的光景消逝的感傷、惋惜。

62、**呼天搶地**：呼喊蒼天，以頭撞地。形容極度悲傷的情狀。

63、**忽忽不樂**：忽忽：心中空虛恍惚的情態。形容若有所失而不高興的情態。

64、**語重心長**：話語懇切而有分量，情意深長。

65、**患難之交**：交：交情，朋友。指同在一起經歷憂患、困難的朋友。

66、**灰心喪氣**：喪失信心，情緒低落，意志消沉。

67、**魂牽夢縈**：在夢魂中還在牽掛縈繞。形容思念情切。

68、**急不可耐**：急得不能忍耐。形容形勢緊急、心情急切。

69、**急不擇言**：急得來不及選擇語句。形容心情急切或形勢緊迫時沒有把話說清或說對。

70、**疾言厲色**：言語急迫，神色嚴厲。多形容發怒或發窘的情態。

71、**濟濟一堂**：形容很多人情意融洽在聚集在一起（堂：大廳）。

72、**交淺言深**：言深：話說得懇切。指對交情不深的人懇切地加以勸說。

73、**桀驁不馴**：性情倔強暴烈，不順從人，不服管教（桀驁：性情倔強暴烈）。

74、**戒驕戒躁**：警惕防止驕傲或急躁的情緒的產生（戒：防止，警惕）。

75、**借花獻佛**：比喻拿別人的東西做人情。

76、**金蘭之交**：情投意合的朋友（金：喻堅固；蘭：喻芬芳）。後也指結拜兄弟。

77、**驚魂未定**：受驚的靈魂沒還有安定下來。形容受驚之後，心情尚未平靜。

78、**精神煥發**：煥發：光彩四射的樣子。形容精神振作，情緒高漲。

79、**慷慨陳詞**：情緒很激動地發表意見。

80、**慷慨激昂**：精神振奮，正氣凜然，情緒激動，意氣昂揚（慷慨：精神振奮，充滿正氣；激昂：情緒激動，昂揚）。

81、**口惠而實不至**：惠：給以好處。口頭上虛情假意地答應給別人好處，而在實際上卻不兌現。

82、**狂奴故態**：狂：縱情任性，不受拘束；奴：這裡是親狎的稱呼；故態：老樣子，老脾氣。指所謂狂士的老脾氣。東漢隱士嚴光跟光武帝劉秀本來是同學。

83、**老牛舐犢**：老牛舐小牛。比喻父母對子女的深情。

84、**冷眼旁觀**：用冷靜或冷淡的態度在旁邊看（冷眼：觀察事物時的冷靜或冷淡的神情）。

85、**冷言冷語**：從側面或反面說含有諷刺意味的冷冰冰的話。諷刺譏笑的話語。

86、**冷若冰霜**：冷淡得跟冰霜一樣。形容人不熱情或不溫和。也比喻態度嚴厲，不可接近。

87、**禮輕人意重**：禮品是很輕微，情意卻很深厚。參「千里送鵝毛」。

88、**兩廂情願**：雙方都出於本心地願意。

89、**六親不認**：六親：指所有親屬。形容不通人情世故，跟任何親屬都不來往。有時指對誰也不講情面。

90、**略變原情**：撇開表面的事實，從情理上加以原諒。

91、**落花有意，流水無情**：比喻一方有意，一方無情（舊時指戀愛事）。

92、**麻木不仁**：肢體麻痺，失去知覺。比喻反應遲鈍或情緒淡漠。

93、**滿面春風**：滿臉是和藹愉快的表情（春風：春天的風，比喻喜悅舒暢）。

94、**謾上不謾下**：謾：蒙蔽，隱瞞。原指一種民間打擊樂器，用皮蒙住上頭，不蒙下頭。後用以泛指官場上在上級面前隱瞞真情，對下則無所顧忌地公開做壞事。

95、**眉高眼低**：指臉上的表情、神色。形容從臉部表情上流露出來的待人好壞的態度。

96、**眉來眼去**：用眉眼去傳遞達情意。

97、**眉目傳情**：用眉眼的活動向對方表達自己的情意。參「眉來眼去」。

98、**民怨沸騰**：百姓的怨怒之情達到頂點。

99、**莫逆於心**：不在心裡互相抵觸（莫逆：沒有抵觸，思想感情相一致）。指情投意合，心心相印。

100、**莫逆之交**：情投意合的朋友（莫逆：不相抵觸；指思想一致，感情投合）。

101、**目不交睫**：沒有合上睫毛。指沒有睡覺。多形容因心情不安而長夜不眠。

102、**幕天席地**：把天當作幕，把地當作席。本來形容胸襟曠達。現在也形容野外生活中不畏艱苦的豪情。

103、**暮雲春樹**：暮：傍晚。杜甫《春日憶李白》：「渭北春天樹，江東日暮雲。何時一樽酒，相與細論文。」意思是杜甫在渭北見到的是「春樹」，李白在江南見到的是「暮雲」，觸景生情，更加思念。後來就用此表示思念遠道的友人。

104、**難分難捨**：形容雙方感情很好，難以分離（分：分離；捨：放下）。

105、**難言之隱**：難以明說的藏在內心深處的事情或緣由。

106、**拍手稱快**：鼓掌表示非常痛快。多用以表示正義得到伸張時的痛快心情。

107、**怦然心跳**：由於受某種事物的影響而思想感情起波動（怦然：形容心跳）。

108、**平心靜氣**：心情平靜，不感情用事。

109、**婆婆媽媽**：形容言語囉嗦，辦事不乾脆俐落。也形容感情脆弱。

110、**七情六欲**：泛指人的各種感情和欲望（七情：喜、怒、哀、懼、愛、惡、欲；六欲：耳、目、口、鼻、身、意所生的欲念）。

111、**氣味相投**：氣味：比喻思想作風或意趣情調；投：投合。思想作風和興趣情調都一樣，互相合得來。

112、**千里頭送鵝毛**：比喻禮物雖輕而情意深厚。

113、**淺斟低唱**：斟：篩酒。緩緩地喝酒，聽人曼聲歌唱。形容封建士大夫消閒享樂的情態。

114、**強顏歡笑**：勉強地做出歡笑的臉部表情（強顏：十分勉強的神態）。

115、**巧言令色**：巧言：虛偽的好話；令色：討好別人的表情。形容花言巧語，假裝和善的樣子。嘴上說得好聽，臉上裝得和善。

116、**情不自禁**：禁：抑制。激動的感情自己也不能抑制。

117、**情不自勝**：勝：承當得起，這裡指忍受。感情悲痛得無法忍受。

118、**情竇初開**：少年男女開始萌發愛情（情竇：男女相愛的心竅）。

119、**情見乎辭**：見：即「現」，表現；乎：文言介詞，作用同「於」；辭：言辭。泛指真摯的情意表現於言語之中。

120、**情見勢屈**：見：即「現」，顯露；勢：形勢，處境。軍情已經被敵方瞭解，又處於劣勢的地位。

121、**情理難容**：於情於理都難以容忍寬恕。

122、**情人眼裡出西施**：謂因愛慕之情所眩，覺得對方女子無處不美。也作「情人眼裡有西施」。

123、**情深骨肉**：骨肉：比喻至親。情誼比親人還要深厚。亦作「情逾骨肉」。

124、**情深似海**：情愛像海一樣深。亦作「情深如海」。

125、**情同手足**：手足：比喻兄弟。彼此感情深厚，好像親兄弟一樣。

126、**情投意合**：投：合得來。形容雙方思想感情和心意都很融洽。

127、**情意綿綿**：感情心意很深長（綿綿：連續不斷的樣子）。

128、**情逾骨肉**：情誼深厚超過親人（骨肉：比喻至親）。

129、**熱火朝天**：熾熱的烈火朝天熊熊燃燒。比喻氣氛熱烈，情緒高漲。

130、**人琴俱亡**：亡：死去，不存在。表示看到遺物，悼念死者的悲痛心情。

131、**人情淡薄**：指人的感情非常冷淡，不深厚。

132、**人情世故**：為人處世的道理和經驗。

133、**人心如面**：人的思想情況像人的面貌，各不相同。

134、**人心所向**：人民群眾所嚮往的，所擁護的。人們思想感情的歸向。

135、**人之常情**：一般人通常的感情或想法。

136、**任人唯親**：任人：任用人；唯：只；親：關係密切，感情好。任用人不管德、才如何，只選擇跟自己感情好，關係密切的。

137、**柔情蜜意**：溫柔、親密的情意。

138、**柔心弱骨**：形容性情柔和。

139、**如膠似膝**：像膠和漆一樣，粘住就分不開。形容感情深厚親密，難分難捨。

140、**如醉如癡**：像醉鬼像癡人。指人的精神狀態不正常。神情恍惚。

141、**如坐針氈**：像坐在插著針的』子上一樣。比喻心情緊張，情緒不寧。

142、**阮囊羞澀**：阮孚為錢包缺錢而感到難為情。多形容現金缺乏，經濟困難。

143、**若即若離**：好像接近，又好像分離。形容不近不遠，不親不疏，相互間有一定的距離。也指文情若實若虛。

144、**山高水長**：像山一樣高聳，像水一樣長流。原來比喻人的崇高風度或名譽像山和水一樣永久流傳。現在有時比喻恩德情誼的深厚。

145、**賞心樂事**：賞心：心情歡暢。歡暢的心情，愉快的事情。

146、**賞心悅目**：心情歡暢，看了舒服。形容看到美好的事物（如景色等）而心情歡暢。

147、**身心交病**：交：一齊，同時；病：損害。身體和心情都很壞。

148、**深情厚誼**：誼：交情。深厚的感情與友誼。

149、**生死與共**：同生共死。形容彼此情深義重，相依為命。

150、**聲情並茂**：聲：指唱腔或語言的音樂性；並：（兩方面）都；茂：草木豐盛的樣子，引申為美麗而豐盛。形容演唱時的唱腔或語言的音樂性有很深的造詣，所表達的感情又很充沛而動人。

151、**世態炎涼**：社會上所遭受到的親熱和冷淡（世態：社會上的人情世故）。

152、**舐犢情深**：老牛用舌舔小牛，表露愛撫之情。喻指父母愛兒女之情極其深厚。

153、**手下留情**：做事要留下情面，不要做得太絕。

154、**手足之情**：兄弟的情義（手足：喻指兄弟）。

155、**束縕請火**：縕：亂麻；請火：乞火，討火。搓亂麻為引火繩，向鄰家討火。比喻為別人說情或引薦。

156、**水性楊花**：水任意流動，楊花隨風飄蕩，多比喻女子用情不專。

157、**絲恩發怨**：細絲那樣的恩情，頭髮那樣的仇怨。形容極小的恩怨。

158、**肅然起敬**：嚴肅恭敬地產生敬仰的感情（肅然：恭敬的樣子）。

159、**談虎色變**：原指曾被虎傷的人才知道虎的厲害。比喻有過親身經歷，才有真知。現多比喻一提起自己害怕的事物，臉色就變了，情緒就緊張起來。色：臉色。

160、**談情說愛**：男女敘戀情，談戀愛。

161、**天高地厚**：比喻恩情深厚；也形容事物艱巨複雜。

162、**鐵面無私**：形容公正嚴明，不畏權勢，不徇私情。

163、**鐵石心腸**：心腸跟鐵石一樣硬。形容不易為感情所動。

164、**通情達理**：通曉人情，理解事理。形容說話做事合情合理。

165、**同病相憐**：患同一種病的人相互同情。比喻因有共同遭遇或痛苦而相互同情。

166、**痛定思痛**：悲痛的心情平靜以後，追思當時所遭的痛苦，更感到傷心。

167、**投袂而起**：投袂：拂動衣袖。甩動衣袖，站立起來。形容決心奮發的情態。參「屨及劍及」。

168、**徒亂人意**：徒：徒然；意：心情。徒然擾亂人的心情。

169、**推濤作浪**：作：興起。推動波濤向前，興起浪頭。比喻助長壞人壞事，煽動情緒，製造事端。

170、**萬念俱灰**：種種念頭全都破滅，心灰意冷。形容失敗或遭到挫折後悲觀失望的心情。

171、**文情並茂**：文采感情都非常豐富（茂：豐富、旺盛）。

172、**刎頸之交**：刎頸：割脖子。交：交情，友誼。指情誼深厚，可以同生死共患難的朋友。

173、**無病呻吟**：沒有病痛而故意發出表示痛苦的聲音。比喻沒有真情實感而強作感慨。

174、**無精打采**：采：精神，神色。精神不振，情緒低落。

175、**無憂無慮**：沒有一點憂愁和顧慮。形容心情十分舒暢。

176、**喜怒哀樂**：歡喜、憤怒、悲哀、快樂。泛指人的各種感情。

177、**喜笑顏開**：顏：臉色。形容心情愉快，笑容滿面。

178、**喜新厭舊**：喜歡新的，討厭舊的。多形容愛情上的不忠貞，也形容對事物的喜愛不專一。

179、**喜躍抃舞**：躍：跳；抃：鼓掌。高興得跳躍、鼓掌、起舞。形容歡樂之極，手舞足蹈的情狀。

180、**閒情逸致**：閒適的情趣，超逸的興致。

181、**心潮澎湃**：心思像潮水一樣激蕩（澎湃：大浪相激）。形容百感交集，心情激蕩。

182、**心蕩神馳**：心神搖盪，嚮往之情不能自持。

183、**心甘情願**：完全出於自願。形容自願作出某種犧牲。

184、**心寬體胖**：心情舒暢，身體肥胖。胖：安泰舒適。

185、**心灰意冷**：情緒低落，意志消沉（冷：冷淡，不感興趣）。

186、**心急火燎**：心情焦灼好像著了火一樣。

187、**心平氣和**：心境平靜，態度溫和。多形容不感情用事。

188、**興風作浪**：掀起風浪。多比喻煽動情緒，挑起事端，無事生非。

189、**興高采烈**：原指文章旨趣高超，言詞犀利；現多形容人興致很高情緒愉快，或形容氣氛歡樂。

190、**惺惺惜惺惺**：惺惺：指聰明的人。謂性格、才能或境遇相同的人互相愛重、同情。

191、**行色匆匆**：臨出發前的匆忙的神情和心境。

192、**虛情假意**：虛偽的表情，假裝的誠意。

193、**虛與委蛇**：虛情假意，敷衍應酬（委蛇：敷衍應付）。

194、**徇情枉法**：徇：曲從。枉：歪曲。謂曲從私情而違法亂紀。

195、**徇公枉法**：曲從私情，不顧公理。

196、**徇私枉法**：徇：曲從。枉：歪曲。謂曲從私情而違法亂紀。

197、**啞然失笑**：情不自禁地笑出聲來（啞然：笑聲；失笑：禁不住笑起來）。

198、**煙消雲散**：像煙一樣消失，像雲一樣散開。比喻事物的消失或各種情緒的消除。

199、**揚眉吐氣**：舒展眉頭，吐出胸中憋著的那口氣。形容擺脫長期受壓狀後痛快、振奮的心情和神態。

200、**一見如故**：初次相見就像老朋友一樣。形容彼此一接觸就情投意合。故：老朋友。

201、**一見鍾情**：一見面就新生了愛情（鍾情：情愛專注集中）。

202、**一見傾心**：一見面就從心裡愛慕（傾心：一心嚮往）。

203、**一面之識**：只見過一次面。表示交情不深。

204、**一往情深**：始終有著深摯強烈的感情（一往：一直，始終）。

205、**一廂情願**：只是單方面的願望，沒有考慮到對方同意與否，客觀條件具備與否。

206、**怡情悅性**：使心情舒暢愉快。

207、**怡然自得**：形容和悅並自鳴得意（怡然：和悅的樣子）。

208、**倚門倚閭**：閭：裡巷的門。形容父母盼望子女歸來的殷切心情。

209、**義形於色**：伸張正義的情緒從臉色上表露出來。

210、**意氣用事**：意氣：由於主觀、偏激而產生的任性的情緒。憑感情衝動辦事。

211、**溢於言表**：指思想感情從語言中充分顯露出來（溢：水滿外流，引申為充分流露）。

212、**油然而生**：（思想、感情等）自然而然地產生。

213、**逾牆鑽隙**：喻指男女偷情。

214、**怨天尤人**：怨恨天命，責怪別人。形容遇到不稱心的事情一味歸咎於客觀，埋怨別人。

215、**躍躍欲試**：形容心情急切地想試一試（躍躍：因迫切期待而心情激動的樣子）。

216、**知情達理**：見「通情達理」。通曉人情，理解事理。形容說話做事合情合理。

217、**知遇之恩**：受到賞識或重用的恩情。

218、**直情徑行**：任憑自己的意思做下去。

219、**紙短情長**：指信上寫不完思念之情。

220、**終身大事**：關係一輩子的大事情。多指男女婚嫁而言。

221、**字裡行間**：指文章的字句中間所表達、流露或透露出來的思想感情。

222、**自慚淺薄**：自己羞愧在學識或知識方面不如別人。淺薄：缺乏學識或修養。

223、**自覺自願**：自己覺悟到應該那樣做，自己情願那樣做。

224、**總角之交**：總角：古代兒童把頭髮梳成小髻，指童年時代。總角時結下的交情。指童年就很要好的朋友。

225、**走馬觀花**：騎在奔跑的馬上看花。後來用以形容得意、愉快的心情。現在用來比喻大略地觀察一下。

226、**坐立不安**：坐著站著都不安穩。形容心情不安或煩躁的樣子。

227、**亂箭穿心**：好多箭射穿心窩，喻指內心極端痛苦。

✮夫妻類：

1、**白頭偕老**：夫妻和睦生活一直到老（偕：共同）。

2、**別鶴孤鸞**：別：離別；鸞：鳳凰。失偶的鶴，孤單的鸞。後來就用此比喻夫妻離散。

3、**對泣牛衣**：牛衣：也稱牛被，給牛禦寒的覆蓋物。比喻夫妻共守窮困。

4、**恩斷義絕**：恩愛、情義斷絕。多指夫妻間感情破裂，而致離異。

5、**夫倡婦隨**：丈夫說什麼，妻子都附和。形容夫妻和睦。

6、**覆水難收**：倒在地上的水難收回來。比喻事成定局，無法挽回。後來也用此表示夫妻關係已經斷絕。

7、**舉案齊眉**：端飯時要託盤舉得跟眉毛一樣高。多形容夫妻相敬相愛，感情深厚。

8、**鸞飄鳳泊**：鸞：傳說中鳳凰一類的鳥。原來形容書法瀟灑，毫無拘束。也比喻進修生夫妻離散。

9、**男耕女織**：男的耕種，女的紡織。形容夫妻辛勤勞動。

10、**牛郎織女**：牛郎和織女均為神話人物。傳說織女為天帝孫女，織造雲綿。嫁給牛郎後，中斷織綿，天帝大怒，責令分離，只准每年七夕相聚一次。因此「牛郎織女」喻指夫妻分離。

11、**破鏡重圓**：南朝陳代將要滅亡時，駙馬徐德言將銅鏡破開兩半，跟妻子樂昌公主各藏一半，作為信物。後來果然由這個線索而得以夫妻團聚。現用「破鏡重圓」比喻夫妻失散或決裂後重又團圓。

12、**天倫之樂**：家庭骨肉團聚的歡樂（天倫：父子、兄弟、夫妻等家庭關係）。

13、**挈婦將雛**：帶著妻子，領著兒女（挈、將：帶領；雛：幼小的鳥，喻指兒女）。

✰**書法**：

1、**筆酣墨飽**：筆墨運用得很暢快，很充分。多形容書法、詩文酣暢渾厚。

2、**筆走龍蛇**：筆下龍蛇騰躍。形容書法筆勢雄健灑脫。也代指揮毫寫字。

3、**初寫黃庭**：黃庭：道家經典《黃庭經》，晉人有《黃庭經》小楷書帖。舊時評論書法有「初寫黃庭，恰到好處」的成語。後用來比喻作事恰到好處。

4、**春蚓秋蛇**：比喻書法拙劣，像春天蚯蚓和秋天蛇的行跡那樣彎曲。

5、**劍拔弩張**：劍從鞘裡拔出來了，弓也張開了。形容形勢緊張，一觸即發。後也比喻書法雄健，有氣勢。

6、**舉例發凡**：左丘明為《春秋》作傳，把《春秋》書法歸納為若干類例，加以概括的說明。後因稱分類舉例以說明一書的體例為「舉例發凡」。參「發凡起例」。

7、**力透紙背**：原指書法遒勁有力，現也用來形容詩文生動，深刻有力。

8、**龍飛鳳舞**：如龍飛騰，似鳳飛舞。原形容氣勢奔放雄壯。現多形容書法筆勢活潑，形容靈活熟練地書寫，也形容栩栩如生的龍鳳造型藝術。

9、**龍蛇飛動**：形容書法筆勢的勁健生動。蘇軾《西江月．平山堂》詞：「十年不見老仙翁，壁上龍蛇飛動。」

10、**鸞飄鳳泊**：鸞：傳說中鳳凰一類的鳥。原來形容書法瀟灑，毫無拘束。也比喻進修生夫妻離散。

11、**鸞翔鳳翥**：翥：高高地飛起。比喻書法筆勢飛動的姿態。

12、**美女簪花**：形容書法或詩文風格的娟秀多姿。

13、**入木三分**：原形容書法筆力強勁（相傳晉．王羲之在木板上寫字，墨汁滲入木板有三分深），現多形容分析、描寫、議論的深刻有力。

14、**鐵畫銀鉤**：畫：筆劃；鉤：鉤勒。形容書法又剛勁又漂亮。

15、**信筆塗鴉**：信筆：隨便書寫。塗鴉：比喻字寫得很拙劣，隨便亂畫。後用「信筆塗鴉」、「塗鴉」形容書法拙劣或胡亂寫作。

16、**信手塗鴉**：信：聽憑，隨意；信筆：隨便書寫；塗鴉：比喻字寫得很拙劣，隨便亂塗亂畫。後來用「塗鴉」或「信筆塗鴉」形容書法拙劣或胡亂寫作。

✰文章：

1、**按部就班**：部、班：門類，次序；就：歸於。原指寫文章時結構安排得當，選詞造句合乎規範。形容做事按照一定的條理，遵循一定的順序。現在指有時按老規矩辦事，缺乏闖勁。

2、**百讀不厭**：厭：厭煩，厭倦。形容文章或書籍寫得非常好，再讀多少遍也不厭倦。

3、**鞭辟入裡**：形容言辭或文章說理透徹，也形容領會深刻。（鞭辟：鞭策；裡：裡層）。

4、**表面文章**：應付的、虛偽的表面上一套。

5、**波瀾老成**：波瀾：比喻文章多起伏；老成：形容文章很老練。形容詩文氣勢雄壯，功力深厚。

6、**補苴罅漏**：彌補儒學的缺漏。泛指用來彌補文章理論中的缺漏或漏洞。苴：ㄐㄩ，用草來墊鞋底。

7、**不落窠臼**：（文章、繪畫等）不落俗套，有所創新（窠臼：舊格式，老套子）。

8、**不能贊一詞**：贊一辭：說一句話。不能提出一點意見。後來泛用以讚揚文章寫得好。辭同「詞」。

9、**不枝不蔓**：沒有分枝，沒有藤蔓。多形容說話、文章簡潔、連貫，不龐雜、贅煩。

10、**慘澹經營**：原指動筆之前的精心構思（慘澹：苦費心思；經營：籌畫、進行）。現多形容苦心籌畫、營謀某事。

11、**長歌當哭**：長歌：引吭高歌，這裡指寫文章。當：當作。該詞用在魯迅的《紀念劉和珍君》一文指用寫文章來代替哭泣。

12、**長篇大論**：篇幅很長的文章，滔滔不絕的言論。

13、**承上啟下**：承：接受。啟：開，起。承接上面的並引起下面的。多用於寫文章。

14、**出口成章**：說出口就成文章。形容文思敏捷，口才好。

15、**辭不達意**：指（說話或寫文章）語句不能夠確切地表達思想感情。

16、**粗服亂頭**：粗服：粗劣的衣服；亂頭：蓬頭。原來形容不修邊幅，後也比喻文章本色。也作「亂頭粗劣」。

17、**大處落墨**：指繪畫或寫文章要從主要的地方著筆。比喻做事要從大處著眼，首先解決關鍵問題。

18、**大含細入**：原指文章內容精摶，既包涵天地的元氣，又概括了極微小的事物。後來用以稱讚文章的博大精深。

19、**大塊文章**：原指大地景物給人提供寫作的題材。現多指篇幅較大的文章。

20、**大有文章**：有不少可以探究的奧妙。指言談、文學或表露的現像之中有很令人揣摸不透的意思或別的情況。

21、**大做文章**：為了某種目的而在某些事情上借題發揮或橫生枝節，以擴大事態。

22、**等因奉此**：舊時公文承上啟下的套語（「等因」用以結束上文，「奉此」用以引起下文）。現多指只知照轉照辦而不聯繫實際的官僚主義作風，也指官樣文章。

23、**點鐵成金**：原來是說使黃金變成鐵，後來比喻把別人的好文章改壞了。

24、**跌宕起伏**：指文章的抑揚頓挫而富於變化。

25、**斷簡殘編**：殘缺不全的書籍、文章（簡：竹簡、木簡，古代供書寫用的竹片、木片）。

26、**廢話連篇**：連篇：一篇接一篇。形容文章或話語中廢話太多。

27、**官樣文章**：本指向皇帝進呈的文字典雅堂皇的文章。後指官場上有固定格式和套語的公文，也喻指徒具形式沒有實際內容，裝腔作勢的文章或空話。

28、**海闊天空**：大海遼闊，天宇空曠。形容境界開闊，也比喻說話、寫文章漫無邊際。

29、**閎中肆外**：閎：內部寬大的樣子；肆：放縱，不受拘束。形容文章的內容豐富，文字上發揮得淋漓盡致。

30、**揮灑自如**：揮灑：揮筆灑墨。自如：活動不受阻礙，沒有拘束。指寫字作畫時筆墨的運用毫不拘束，酣暢自然。也指寫文章流暢灑脫。

31、**借題發揮**：借某個題目大做文章。比喻假借談論一個題目，大發議論，來表示自己真正的意思。

32、**金相玉質**：比喻文章的形式和內容都很完美。

33、**開宗明義**：「開宗明義」本是《孝經》第一章的篇名。這章的內容是說明全書的宗旨和中心意思。後用「開宗明義」表示說話、寫文章一開始就把主要意思點明（開：闡發；明：說明）。

34、**空洞無物**：空空洞洞，沒有什麼東西。多形容文章沒有內容或內容不充實。

35、**誇誇其詞**：指說話、寫文章時用語誇張超過事實。

36、**誇誇其談**：形容（說話、寫文章話說得浮誇，不切合實際而又滔滔不絕。形容說話浮誇不切實際。

37、**老嫗能解**：嫗：年老的女人。形容文章淺顯易懂。

38、**良金美玉**：比喻人品德很好。也比喻文章寫得完美。

39、**淋漓盡致**：形容把某一事物表現得非常充分、詳盡、透徹，十分痛快（盡致：達到極點）。形容文章、說話表達得充分、詳盡，或痛快到了極點。

40、**琳琅滿目**：琳琅：精美的玉石，比喻珍惜的物品、文章或人才。眼前充滿了美玉。

比喻眼前充滿了好物品、好文章或有用的人才。

41、**漏洞百出**：比喻說話、文章內容沒有充足的理由，不能自圓其說的地方很多。

42、**驢鳴狗吠**：嘲笑人文章寫得不好。

43、**漫無邊際**：大水廣闊，沒有邊際（漫：水漲貌）。比喻說話、寫文章脫離中心，非常散漫。

44、**旁徵博引**：廣泛搜集依據，大量引用例證。形容說話寫文章引證廣博，材料豐富。

45、**平鋪直敘**：形容說話、寫文章不加修飾，平平淡淡，沒有起伏變化，沒有突出重點。

46、**平易近人**：指態度謙和，沒有架子，使人容易接近，也指（文章、講話）淺近易懂，使人喜歡看，喜歡聽。

47、**奇文共賞**：新奇的文章共同欣賞。現常用於貶義。

48、**千錘百煉**：千百次地打鐵煉鋼除去雜質。比喻經過多次艱苦鬥爭的鍛煉、考驗。比喻文章、作品經過多次過細的修改。

49、**千篇一律**：很多篇文章都是一個樣。比喻作品、言談內容重複，老一套。也比喻機械地按一個模式辦事。

50、**遣詞造句**：指寫文章或說話過程中的用詞成句的構思。

51、**曲終奏雅**：雅：雅樂。樂曲到終結處奏出了雅正的樂音。原來是說不夠完美，後轉形容文章或藝術表現在結尾時顯得特別精彩。

52、**順理成章**：寫文章，做事情，順著條理就能夠做好。比喻合乎情理不悖常例，也比喻某種情況自然產生某種結果。

53、**索然寡味**：索然：枯燥無味的樣子；寡：少。形容文章的內容空洞，文字枯燥。也作「索然無味」。

54、**提要鉤玄**：語出韓愈《進學解》「紀事者提其要，纂言者民必鉤其玄。意記事的史書一定要作出綱要，說理的文章一定要探索它的深奧道理。

55、**天下文宗**：指受天下眾人宗仰的文章大家。

56、**圖文並茂**：圖畫、文字都很豐富的書籍或文章。

57、**汪洋恣肆**：氣勢宏大磅』。多形容氣度或文章。

58、**味同嚼臘**：味道像嚼蠟一樣。形容文章或說話枯燥無味。

59、**文不對題**：文章內容跟題目不相配合。也指談話、對答脫離中心。

60、**文不加點**：文章不用塗改，一氣呵成。形容文思敏捷，寫作技巧高超。點：塗改。

61、**文如其人**：文章和作者本人一樣。形容不同的人所寫的文章各有其不同的風格。

62、**文山會海**：形容人整天到晚忙於寫作文章與會議，精力不能集中。

63、**文以載道**：文章是用來闡明道理表達思想的。

64、**嬉笑怒罵**：嬉：遊戲。指由各種感情產生的不同的活動。黃庭堅贊《東坡先生真贊》：「東坡之酒，赤壁之笛，嬉笑怒罵，皆成文章。」後來就用此形容不拘守規格，任意發揮皆成妙文。

65、**下筆成章**：章：文章。一揮動筆，就寫成文章。形容寫文章很快。

66、**弦外有音**：比喻話裡（或文章裡）另有間接透露而不明說出來的意思。

67、**小題大做**：拿小題目做大文章。比喻把小事情當大事情辦（含有不值得、不恰當、不必要的意思）。

68、**興高采烈**：原指文章旨趣高超，言詞犀利；現多形容人興致很高情緒愉快，或形容氣氛歡樂。

69、**洋洋灑灑**：形容文章篇幅很大（洋洋：眾多、盛大的樣子；灑灑：連綿不斷的樣子）。

70、**要言不煩**：文章言論等簡明扼要。要：簡要。

71、**一筆不苟**：連一筆也不隨便、不馬虎（苟：草率、馬虎）。形容寫字或寫文章非常認真。

72、**一氣呵成**：一口氣做成。多形容說話（或寫文章）緊湊連貫，也比喻做工作不停頓，不放鬆，迅速完成。

73、**倚馬可待**：原形容文思敏捷，很快就能寫好文章。現泛指很快就能完成。

74、**有頭有尾**：有開頭也有結尾。形容文章結構完整，也形容做事堅持到底，有始有終。

75、**字裡行間**：指文章的字句中間所表達、流露或透露出來的思想感情。

✰聲音類

1、**哀聲歎氣**：因傷感、煩悶或痛苦而發出歎息的聲音。

2、**不絕如縷**：如將斷未斷的細線（絕：斷）。原形容形勢危急，後亦比喻聲音（或事物）微細，或某一方面承繼乏人。

3、**穿雲裂石**：沖上雲霄，震開石頭。一般形容聲音高亢嘹亮。

4、**咄咄逼人**：氣勢洶洶，使人感到似乎有一種力量在脅逼自己（咄咄：使人驚恐的聲音）。

5、**耳聽八方**：耳朵同時審聽多方面的聲音（八方：四方和四隅。四方：東、南、西、北。四隅：東南、東北、西南、西北）。形容機警靈敏。常跟「眼觀六路」配合運用。

6、**振聾發聵**：聲音大得連聾子都聽得見（聵：耳聾）。比喻言論驚人，影響深遠。

7、**吠形吠聲**：吠：狗叫。一隻狗看見人就叫，許多狗聽到聲音也跟著叫。比喻不察真偽，隨聲附和。

8、**沸反盈天**：聲音像燒開的水那樣翻滾，充滿空間。

9、**改弦更張**：換了琴弦，重新安上（使聲音和諧）。比喻變更方針、計畫、辦法或態度。

10、**孤掌難鳴**：一個巴掌拍不出聲音來。比喻一個人力量單薄，難以成事。

11、**鬼哭狼嚎**：形容聲音十分淒厲的哭叫。

12、**戛然而止**：形容突然停止（戛：煞車的聲音；戛然：突然停止的樣子）。

13、**劍頭一吷**：劍頭：指劍環頭小孔。吷：很小的聲音。比喻不足輕重的言論。

14、**驚天動地**：使人十分震動。多形容聲勢盛大，變動劇烈，也形容聲音巨大。

15、**聚蚊成雷**：把很多蚊子聚到一起，它們的聲音可以像雷那樣響。比喻眾口喧囂，讒言紛起。

16、**鏗鏘有力**：聲音響亮有力。

17、**空谷傳聲**：人在山谷裡發出聲音，立可聽到回聲。

18、**口碑載道**：稱頌的聲音充滿了道路（口碑：眾人口頭稱頌跟文字刻在石碑上一樣）。

19、**口口聲聲**：每一次張開口，每一次發出聲音，說的都是同樣的話。形容把某一說法經常掛在口頭。

20、**龍吟虎嘯**：龍、虎的吼叫，形容人歌嘯或吟詠聲音的嘹亮。

21、**鑼鼓喧天**：鑼鼓的聲音震天響。

22、**默默無聞**：不聲不響，不為人所知（默默：沒有聲音；無聞：不曾聽說）。形容不出名或不為人們所注意）。

23、**氣喘吁吁**：吁吁：指張口呼吸的聲音。形容呼吸短促。

24、**泣不成聲**：抽泣哽噎發不出聲音來，形容十分悲痛。

25、**巧舌如簧**：靈巧的舌頭好像簧片，能發出動聽的聲音。形容能說會道。

26、**輕手躡腳**：手腳動作聲音很輕，儘量少出聲音。

27、**繞樑三日**：形容（美妙的聲音）在屋樑上迴旋不絕。

28、**人聲鼎沸**：人群聲音嘈雜，就像鍋子裡的水在沸騰一樣（鼎沸：鼎水沸騰，原比喻局勢不安定，現比喻聲音嘈雜）。

29、**如簧之舌**：好像簧片一樣能發出動聽聲音的舌頭。形容能說會道。

30、**如泣如訴**：好像在哭泣，又好像在哀訴。形容悲切婉轉的聲音。

31、**如聞其聲，如見其人**：像聽到他的聲音，像看到他本人一樣。比喻對人物的刻畫和描寫非常生動逼真。

32、**山鳴谷應**：聲音在山谷中引起迴響。多比喻彼此投合、互相呼應。

33、**餘音繞梁**：留下的聲音環繞屋樑旋轉不去。形容歌音美妙動聽，久久留在記憶中。

34、**聲色俱厲**：（說話時）聲音和臉色都很嚴厲。

35、**聲嘶力竭**：聲音嘶啞，氣力用盡。形容拚命地呼號、叫喊。

36、**聲應氣求**：應：應和，共鳴；求：尋找。形容朋友之間意氣相投，像相同的聲音互相共鳴、相同的氣味互相融合一樣。

37、**石破天驚**：原形容演奏箜篌，聲音激蕩，奇特，出人意外。現多比喻詩文、議論、演唱或事件使人震撼。

38、**鐵中錚錚**：錚錚：金屬器皿相碰的聲音。金屬敲起來當當響的材料。比喻出色人物。

39、**同聲相應**，同氣相求：相近的聲音互相應和，相同的氣味互相融合。比喻志趣相同的人互相呼應，自然結合。

40、**萬籟俱寂**：一點聲響也沒有（萬籟：自然界萬物發出的聲響；俱寂：都靜下來）。多形容自然環境的安靜、幽靜或冷靜。

41、**萬籟無聲**：一點聲音都沒有。多形容自然環境的清靜或冷靜。

42、**甕聲甕氣**：形容聲音粗重。

43、**無病呻吟**：沒有病痛而故意發出表示痛苦的聲音。比喻沒有真情實感而強作感慨。

44、**無聲無臭**：沒有聲音，沒有氣味。比喻默默無聞，也比喻對外界沒有什麼影響。

45、**無聲無息**：沒有聲音，沒有資訊。比喻人的默默無聞或對事情不發生影響。

46、**弦外之音**：絃樂器的線上發出的聲音以外的聲音。比喻在說話中間接透露而不是直接說明的意思。

47、**響徹雲霄**：形容聲音響亮，穿透雲層，直達高空。徹：貫透。

48、**響遏行雲**：聲音響徹雲霄，阻擋飄動的雲彩（遏：阻止）。形容歌聲嘹亮。

49、**鴉雀無聲**：連烏鴉麻雀的聲音都沒有。比喻非常靜。

50、**鴉默雀靜**：非常靜。形容人們的安靜或人群聚集、活動的場所的安靜。

51、**牙牙學語**：咿咿呀呀地學說話（牙牙：摹擬嬰兒學說話的聲音）。

52、**音容宛在**：聲音和容貌如在眼前。多用於對死者的懷念，弔唁。

53、**音容笑貌**：人的聲音、容貌和神態。

54、**有聲有色**：有聲音，有色彩。形容說話、作文生動精彩，表現出色。

55、**餘音嫋嫋**：留下來的聲音悠揚婉轉，延綿不絕（嫋嫋：輕揚的樣子）。

56、**怨聲載道**：怨恨的聲音充滿道路。形容人民群眾普遍的強烈的不滿和怨恨。

57、**振聾發聵**：見「發聾振聵」。聲音大得連聾子都聽得見（聵：耳聾）。比喻言論驚人，影響深遠。

58、**震耳欲聾**：幾乎要震聾耳朵，形容聲音極大。

59、**震天動地**：震動了天地。形容意義重大，聲勢浩大，也形容聲音巨大。

60、**擲地作金石聲**：擲：投，扔；金石：鐘磬之類的樂器，聲音清脆優美。扔在地上發出鐘磬的聲音。比喻文辭優美，聲調鏗鏘。

61、**椎心泣血**：椎心：捶胸脯；泣血：悲切得哭不出聲音，就像眼中要流血一樣。形容悲痛到了極點。

✰藝術類

1、**百家爭鳴**：喻指學術上藝術上各種流派競相爭論鳴放，也泛指各抒己見，共同討論。

2、**別具匠心**：匠心：巧妙的心思，常指文學藝術方面創造性的構思。具有與眾不同的巧妙構思。

3、**別有天地**：另有一種境界。形容景物或藝術作品引人入勝。

4、**不登大雅之堂**：大雅：舊時指對文學、藝術有一套「雅正」標準的人；堂：廳堂。意思是粗俗的文藝作品是不能拿到大雅之人的堂前去觀賞的。有時也指沒有見過大場面的或不配參與大場面的人。

5、**工力悉敵**：敵：相當。雙方用的功夫和力量都不分高低。常用來形容兩件優秀的藝術品不分上下。

6、**光彩照人**：形容人或事物十分美好或藝術成就輝煌，令人注目、敬仰。

7、**呼之欲出**：叫他一聲仿佛就會出來。形容文學藝術作品塑造人物形像逼真、生動。

8、**匠心獨運**：創造性地運用巧妙的心思。多形容文藝創作上運用獨特的藝術構思。

9、**良工心苦**：良工：手藝高明的工匠。優秀的藝術家，都要經過一番苦心的經營（才能創作出好作品）。

10、**龍飛鳳舞**：如龍飛騰，似鳳飛舞。原形容氣勢奔放雄壯。現多形容書法筆勢活潑，形容靈活熟練地書寫，也形容栩栩如生的龍鳳造型藝術。

11、**門戶之見**：由宗派關係而形成的成見。多指學術、藝術領域裡的派別成見。

12、**沁人心脾**：滲入到人的內臟。多形容吸人芳香、涼爽的空氣或飲進清涼飲料，使人感到舒適，也形容文學藝術作品美好、動人，使人深受感動。

13、**曲終奏雅**：雅：雅樂。樂曲到終結處奏出了雅正的樂音。原來是說不夠完美，後轉形容文章或藝術表現在結尾時顯得特別精彩。

14、**絲絲入扣**：織布時每一根絲都從扣齒中通過。比喻詩文或藝術品緊密嚴合，準確細緻，一一合拍。

15、**下里巴人**：原指古代楚國的民間歌曲。後泛指通俗的普及的文學藝術。

16、**象牙之塔**：原是十九世紀法國文藝批評家聖配韋批評同時代詩人維尼的話。指脫離現實的個人幻想的境界，比喻脫離社會實際主張為藝術而藝術的文藝家的小天地。也作「象牙寶塔」

17、**栩栩如生**：形像生動，有生氣，好像活的一樣。多形容藝術形像的生動、逼真（栩栩：生動的樣子）。

18、**陽春白雪**：《陽春》、《白雪》是戰國時期楚國的高級歌曲。現多代指高深而不通俗的文學藝術。

19、**哀感頑豔**：頑：愚笨；豔：慧美。原來形容一個歌童唱的歌悲惻動人，使愚笨和慧美的人都為所感動。後來轉用以評述某些抒情的文藝作品，意義也轉為哀怨、感傷、古拙、綺麗同時具備。

20、**百花齊放**：各種花卉一起開放。現常比喻社會上特別是文藝界的蓬蓬勃勃的繁榮景像。

21、**出神入化**：形容技藝達到了絕妙的境界（化：化境，神奇的境界）。

22、**大顯身手**：充分地顯示出本領來（身手：武藝，泛指本領）。

23、**登堂入室**：已進廳堂，再進內室。喻指學問或技藝取得相當好的成績，並將進一步深入提高。

24、**雕蟲小技**：比喻微小的技藝（蟲：鳥蟲書，篆書的變體）。現多指微不足道的文字技巧。

25、**多才多藝**：具有多方面的才能和技藝。

26、**逢場作戲**：（藝人）遇到適當的場所就表演。比喻在適當的時機或場合偶爾裝裝樣子，湊湊熱鬧。有隨俗應酬的意思。

27、**鬼斧神工**：形容技藝非常高超，十分精妙，好像不是人所能達到的。

28、**苦心經營**：費盡心思地籌畫、管理（企業、事業）或構思、創作（文藝作品等）。

29、**梨園子弟**：梨園：唐玄宗時教練歌舞藝人的地方。後來因戲曲演員為「梨園子弟」或「梨園弟子」。

30、**鏤月裁雲**：鏤：雕刻。雕刻月亮，剪裁雲彩。比喻手藝很精巧。

31、**目無全牛**：意謂庖丁初宰牛時，所見的是整個牛的身體，幾年之後，已熟知牛體結構，宰牛時，眼力完全集注於間隙之間，已不再注意牛的外形。後用以比喻技藝純熟高超。

32、**能工巧匠**：手藝高明巧妙的工匠。

33、**巧奪天工**：人工的精巧勝過大自然。形容技藝高超。

34、**情景交融**：交融：相互融合，結合得很緊密。指文藝作品中景物的描寫或環境的渲染同抒發人物的感情緊密結合。

35、**取法於上**：效法於高超、精深的學識，技藝等。

36、**絲絲入扣**：織布時每一根絲都從扣齒中通過。比喻詩文或藝術品緊密嚴合，準確細緻，一一合拍。

37、**惟妙惟肖**：惟：語氣助詞；妙：手藝巧妙；肖：相似，逼真。形容刻畫描摹得非常逼真。

38、**心靈手巧**：心思靈敏，手藝巧妙。

39、**雁過拔毛**：大雁飛過能拔下毛來。形容武藝高強，也形容盤剝勒索嚴重，連高空飛過的大雁也不放過。

40、**一技之長**：某種專門技藝或專長。

41、**因難見巧**：因：由於；巧：巧妙。由於難度大而顯出技藝巧妙。

42、**引人入勝**：引導人進入佳境。多形容風景、名勝或文藝作品特別吸引人。

43、**優孟衣冠**：春秋時楚國著名藝人優孟，穿戴已死的孫叔敖的衣帽，模仿他的言談舉止，假冒孫叔敖，去規諫莊王。莊王受了感動。現多用「優孟衣冠」指化裝表演，也比喻一味模仿，以求形似。

44、**游刃有餘**：刀刃運轉，大有迴旋餘地。形容技藝熟練，操作自如。

45、**斫輪老手**：斫輪：斫木製造車輪。後來就稱經驗豐富、技藝精湛的人為「斫輪老手」。

46、**左宜右有**：無往不宜。形容多才多藝，什麼都能做。

✯音樂類：

1、**哀而不傷**：哀：悲哀；傷：傷害，妨害。形容詩歌、音樂優美雅致，感情適度。也比喻做事適中，沒有過與不及之處。

2、**哀絲豪竹**：哀絲：指悲哀的弦聲；豪竹：巨大的竹管。形容管弦樂聲的悲壯動人。

3、**大吹大擂**：許多樂器同時大聲吹打（吹：吹喇叭。擂：打鼓）。比喻大肆宣揚，大肆吹噓。

4、**高山流水**：有山有水的自然景色。比喻知音難得或樂曲高妙。

5、**黃鐘大呂**：黃鐘：我國古代音樂十二律中六種陽律的第一律；大呂：十二律中六種陰律的第四律。舊時形容音樂或文辭正大，莊嚴，高妙。

6、**黃鐘毀棄**：黃鐘被毀壞被拋棄（黃鐘：古樂十二律之一，音調最為洪亮）。喻指賢能的人受迫害，遭遺棄。

7、**急管繁弦**：形容樂曲的節拍急促，音色豐富。也作「繁弦急管」。

8、**膠柱鼓瑟**：把瑟上調音的柱用膠粘住再彈奏（瑟：古樂器，上面有調音的柱）。比喻拘泥死板不知靈活變通。

9、**濫竽充數**：竽：一種古代吹奏樂器。齊宣王喜歡聽竽，一吹就是300人齊吹，有人南郭先生不會而混在其中，後宣王死，湣王立，也愛聽吹竽，但喜歡聽獨奏，南郭先生就逃走了。說明沒有本事的人夾在有本事的人中間湊數。

10、**六馬仰秣**：馬停食仰頭聽音樂。形容音樂優美動聽。

11、**謾上不謾下**：謾：蒙蔽，隱瞞。原指一種民間打擊樂器，用皮蒙住上頭，不蒙下頭。後用以泛指官場上在上級面前隱瞞真情，對下則無所顧忌地公開做壞事。

12、**靡靡之音**：柔弱、頹廢，使人萎靡不振的音樂。

13、**南風不競**：南風：指南方的音樂。競：強勁。南方的音樂不強勁。原來比喻楚軍的士氣不振，戰鬥力差。後泛用以比喻競賽失利或競賽的一方力量不強。

14、**淺斟低唱**：斟：篩酒。緩緩地喝酒，聽人曼聲歌唱。形容封建士大夫消閒享樂的情態。

15、**輕歌曼舞**：曼：柔和，輕柔。形容音樂輕快，舞姿柔美。

16、**曲高和寡**：樂曲的格調越高，能跟著唱的人就越少。和：ㄏㄜˋ，跟著別人唱。

17、**曲終奏雅**：雅：雅樂。樂曲到終結處奏出了雅正的樂音。原來是說不夠完美，後轉形容文章或藝術表現在結尾時顯得特別精彩。

18、**聲情並茂**：聲：指唱腔或語言的音樂性；並：（兩方面）都；茂：草木豐盛的樣子，引申為美麗而豐盛。形容演唱時的唱腔或語言的音樂性有很深的造詣，所表達的感情又很充沛而動人。

19、**聲色犬馬**：泛指剝削階段荒淫無恥的生活（聲樂、女色、狗和馬都是達官貴人的玩物，代指剝削階級的行樂方式）。

20、**室如懸磬**：懸：掛；磬：古代石制樂器，懸掛在架上敲擊。屋裡像掛著的石磬一樣，下面空無所有。形容窮得一無所有。

21、**同工異曲**：工：細緻，巧妙；異：不同的；曲：樂曲。曲調雖然不同，卻都同樣的美妙。比喻所做的雖然不同，成績卻一樣好。見「異曲同工」。

22、**亡國之音**：國家將亡、人民困苦，表達哀思的音樂。現指頹靡的樂曲。

23、**弦外之音**：絃樂器的線上發出的聲音以外的聲音。比喻在說話中間接透露而不是直接說明的意思。

24、**一倡三歎**：原指宗廟奏樂，一人唱歌，三人讚歎而應和。後多形容詩人婉轉優美，感人至深。

25、**移宮換羽**：宮、羽：我國古代樂曲中兩種曲調名。原指樂曲換調。後也指事情的內容有所變更。

26、**抑揚頓挫**：形容詩文或音樂聲響高低停折，和諧而有節奏（抑：壓低；揚：升高；頓：停頓；挫：轉折）。

27、**引商刻羽**：商、羽：五音名。指講究聲律，造詣很深而有最高成就的音樂演奏。

28、**餘音繞梁**：餘音：音樂演奏後好像還留下來的樂聲。遺留下樂聲圍著屋樑打轉轉。形容歌聲優美，使人回味。

29、**載歌載舞**：又唱歌，又跳舞。形容歡樂的場面。

30、**擲地作金石聲**：擲：投，扔；金石：鐘磬之類的樂器，聲音清脆優美。扔在地上發出鐘磬的聲音。比喻文辭優美，聲調鏗鏘。

31、**鐘鳴鼎食**：鐘：古代樂器；鼎：古代炊器；鼎食：列鼎而食，吃飯時排列好幾個鼎盛食物。吃飯時奏樂、列鼎。形容富貴人家奢侈、豪華的生活。

輯三 俗諺篇

CHAPTER 3

1、**哀莫大於心死**：心死：指心像死灰的灰燼。指最可悲哀的事，莫過於思想頑鈍，麻木不仁。

2、**愛博而情不專**：對人或事物的喜愛很廣泛，而感情不能專一。

3、**愛則加諸膝，惡則墜諸淵**：加諸膝：放在膝蓋上；墜諸淵：推進深淵裡。意指不講原則，感情用事，對別人的愛憎態度，全憑自己的好惡來決定。

4、**愛之欲其生，惡之欲其死**：喜愛他時，總想叫他活著；討厭他時，總想叫他死掉。指極度地憑個人愛憎對待人。

5、**安於故俗，溺於舊聞**：俗：習俗。溺：沉溺，陷入。拘守於老習慣，局限於舊見聞。形容因循守舊，安於現狀。

6、**鞍不離馬背，甲不離將身**：甲：鎧甲。馬不卸鞍，人不解甲。處於高度警惕狀態。

7、**八公山上，草木皆兵**：八公山：在安徽淮西市西。將八公山上的草木，都當作是士兵。形容極度驚恐，疑神疑鬼。

8、**八九不離十**：指與實際情況很接近。

9、**八仙過海，各顯其能**：八仙：道教傳說中的八位神仙。比喻做事各有各的一套辦法。也比喻各自拿出本領互相比賽。

10、**八字沒見一撇**：比喻事情毫無眉目，未見端緒。

11、**拔了蘿蔔地皮寬**：比喻為了行事方便而把礙眼的事物去掉。也比喻為了擴展地盤而排擠別人。

12、**拔趙幟立赤幟**：用以比喻偷換取勝或戰勝、勝利之典。

13、**白刀子進，紅刀子出**：指要殺人見血、動手拼命。紅刀子：帶血的刀子。

14、**白沙在涅，與之俱黑**：涅：黑土。白色的細沙混在黑土中，也會跟它一起變黑。比喻好的人或物處在汙穢環境裡，也會隨著汙穢環境而變壞。

15、**百尺竿頭，更進一步**：佛家語，比喻道行、造詣雖深，仍需修煉提高。比喻雖已達到很高的境地，但不能滿足，還要進一步努力。

16、**百花齊放，百家爭鳴**：比喻藝術及科學的不同派別及風格自由發展與爭論。

17、**百思不得其解**：百：多次；解：理解。百般思索也無法理解。

18、**百萬買宅，千萬買鄰**：比喻好鄰居千金難買。

19、**百聞不如一見**：聞：聽見。聽得再多，也不如親眼見到一次。

20、**百星不如一月**：一百顆星星發出的亮光不如一個月亮發出的光明亮。比喻量多不如質優。

21、**百足之蟲，死而不僵**：百足：蟲名，又名馬陸或馬蚿，有十二環節，切斷後仍能蠕動。比喻勢家豪族，雖已衰敗，但因勢力大，基礎厚，還不致完全破產。

22、**敗事有餘，成事不足**：指非但辦不好事情，反而常常把事情搞壞。

23、**搬起石頭打自己的腳**：搬：移動。比喻本來想害別人，結果害了自己。自食其果。

24、**版版六十四**：版：宋代鑄錢的模型。每塊鑄版都是鑄出六十四文錢。形容做事死板，不知變通。

25、**半部論語治天下**：舊時用來強調學習儒家經典的重要。

26、**邦以民為本**：古代儒家民本思想的一種反映，認為萬民百姓是國家的根本。治國應以安民、得民作為根本。

27、**飽漢不知餓漢饑**：飽：吃足；饑：饑餓。比喻處境好的人，不能理解別人的苦衷。

28、**飽暖思淫欲**：食飽衣暖之時，則生淫欲之心。

29、**卑卑不足道**：指卑微藐小，不值得一談。

30、**卑之無甚高論**：表示只就淺易的說，沒有什麼過高難行的意見。

31、**杯酒釋兵權**：釋：解除。本指在酒宴上解除將領的兵權。泛指輕而易舉地解除將領的兵權。

32、**比上不足，比下有餘**：趕不上前面的，卻超過了後面的。這是滿足現狀，不努力進取的人安慰自己的話。有時也用來勸人要知足。

33、**彼一時，此一時**：那是一個時候，現在又是一個時候。表示時間不同，情況有了變化。

34、**畢其功於一役**：把應該分成幾步做的事一次做完。

35、**閉塞眼睛捉麻雀**：比喻盲目地進行工作。

36、**避其銳氣，擊其惰歸**：其：他的；銳氣：勇猛的氣勢；惰：鬆懈善於用兵之人，總是避開敵人初來時的氣勢，等敵人疲憊時再狠狠打擊。

37、**鞭長不及馬腹**：指鞭子雖然很長，但是不應該打到馬肚上。後以之比喻力所不能及。

38、**表壯不如裡壯**：外表好看，不如裡面結實。比喻妻子能夠治家，就是丈夫的好幫

手。

39、**冰凍三尺，非一日之寒**：比喻一種情況的形成，是經過長時間的累積、醞釀的。

40、**冰炭不同爐**：比喻兩種對立的事物不能同處。

41、**冰炭不言，冷熱自明**：比喻內心的誠意不用表白，必然表現在行動上。

42、**兵敗如山倒**：兵：軍隊。形容軍隊潰敗就像山倒塌一樣，一敗塗地。

43、**兵藏武庫，馬入華山**：兵器藏進武庫，軍馬放入華山。指天下太平。

44、**兵來將擋，水來土掩**：指根據具體情況，採取靈活的對付辦法。

45、**兵馬未動，糧草先行**：指出兵之前，先準備好糧食和草料。比喻在做某件事情之前，提前做好準備工作。

46、**兵在精而不在多**：兵士在於精壯而不在乎眾多。也比喻要求品質而不能只講數量。

47、**病急亂投醫**：病勢沉重，到處亂請醫生。比喻事情到了緊急的時候，到處求人或亂想辦法。

48、**不吃羊肉空惹一身膻**：羊肉沒吃上，反倒沾了一身羊膻氣。比喻做了某事沒撈到好處，反壞了名聲惹來了麻煩。

49、**不打不相識**：指經過交手，相互瞭解，能更好地結交、相處。

50、**不到黃河心不死**：比喻不達目的不甘休。也比喻不到實在無路可走的的境地不肯死心。

51、**不得已而為之**：沒有辦法，只能這樣做。

52、**不得已而用之**：用：使用。沒有辦法，只好採用這個辦法。

53、**不登大雅之堂**：大雅：高貴典雅。不能登上高雅的廳堂。形容某些不被人看重的、「粗俗」的事物（多指文藝作品）。

54、**不法古不修今**：指不應效法古代，也不應拘泥於現狀。

55、**不費吹灰之力**：形容事情做起來非常容易，不花一點力氣。

56、**不分青紅皂白**：皂：黑色。不分黑白，不分是非。

57、**不敢越雷池一步**：越：跨過；雷池：湖名，在安徽省望江縣南。原指不要越過雷池。後比喻不敢超越一定的範圍和界限。

58、**不管三七二十一**：不顧一切，不問是非情由。

59、**不見棺材不落淚**：比喻不到徹底失敗的時候不肯甘休。

60、**不經一事，不長一智**：智：智慧，見識。不經歷一件事情，就不能增長對那件事情的見識。

61、**不看僧面看佛面**：比喻請看第三者的情面幫助或寬恕某一個人。

62、**不可同日而語**：不能放在同一時間談論。形容不能相提並論，不能相比。

63、**不能贊一詞（辭）**：指文章寫得好，別人不能再添一句話。提不出一點意見。形容文章非常完美。

64、**不念僧面念佛面**：不看僧面看佛面。

65、**不怕官，只怕管**：指直接管的人要比官更有權威。也指在人管轄之下，一切只能聽命於他。

66、**不期然而然**：沒有想到是這樣而竟然是這樣。

67、**不求有功，但求無過**：不要求立功，只希望沒有錯誤。

68、**不入虎穴，焉得虎子**：焉：怎麼。不進老虎窩，怎能捉到小老虎。比喻不親歷險境就不能獲得成功。

69、**不塞不流，不止不行**：指對佛教、道教如不阻塞，儒家學說就不能推行。比喻只有破除舊的、錯誤的東西，才能建立新的、正確的東西。

70、**不識廬山真面目**：比喻認不清事物的真相和本質。

71、**不是冤家不聚頭**：冤家：仇人；聚頭：聚會。不世前世結下的冤孽，今世就不會聚在一起。

72、**不為五斗米折腰**：五斗米：晉代縣令的俸祿，後指微薄的俸祿；折腰：彎腰行禮，指屈身於人。比喻為人清高，有骨氣，不為利祿所動。

73、**不問青紅皂白**：比喻不分是非，不問情由。

74、**不幸而言中**：不希望發生的事情卻被說准真的發生了。

75、**不以辭害志**：辭：文辭；志：作品的思想內容。原意是不因為只顧文辭而損害了對內容的理解。後也指寫文章不要只追求修辭而忽略文章的立意。

76、**不以規矩，不能方圓**：規：圓規；矩：曲尺。比喻做事要遵循一定的法則。

77、**不以人廢言**：廢：廢棄。不因為這個人有不足的地方而不採納他的正確意見。

78、**不以一眚掩大德**：以：因；眚：過失，錯誤；掩：遮蔽，遮蓋；德：德行。不因為一個人有個別的錯誤而抹殺他的大功績。

79、**不在其位，不謀其政**：不擔任這個職務，就不去過問這個職務範圍內的事情。

80、**不知老之將至**：不知道老年即將來臨。形容人專心工作，心懷愉快，忘掉自己的衰老。

81、**不知人間有羞恥事**：不知道人世間還有羞恥之事。形容恬不知恥，無恥到極點。

82、**不知有漢，何論魏晉**：不知道有漢朝，三國魏及晉朝就更不知道了。形容因長期脫離現實，對社會狀況特別是新鮮事物一無所知。也形容知識貧乏，學問淺薄。

83、**不知者不罪**：罪：責備，怪罪。因事先不知道而有所冒犯，就不加怪罪。

84、**不自由，毋寧死**：如果失去自由、主權，寧可去死。

85、**不足為外人道**：不必跟外面的人說。現多用於要求別人不要把有關的事告訴其他的人。

86、**布袋裡老鴉**：比喻雖然活著，但像死了一樣。

87、**步步生蓮花**：形容女子步態輕盈姿。

88、**防患於未然**：患：災禍；未然：沒有這樣，指尚未形成。防止事故或禍害於尚未發生之前。

89、**防民之口，甚於防川**：防：阻止；甚：超過。阻止人民進行批評的危害，比堵塞河川引起的水患還要嚴重。指不讓人民說話，必有大害。

90、**河東獅子吼**：比喻妒悍的妻子發怒，並藉以嘲笑懼內的人。

91、**河海不擇細流**：比喻不論大小，一律收容。

92、**河水不洗船**：比喻不相干或相安無事。

93、**藏之名山，傳之其人**：傳：傳佈流傳；其人：同道。把著作藏在名山，傳給志趣相投的人。

94、**差之毫釐，謬以千里**：開始時雖然相差很微小，結果會造成很大的錯誤。

95、**拆東牆補西牆**：拆倒東邊的牆，以修補西邊的牆。比喻臨時勉強應付。亦比喻臨時救急，不是根本辦法。

96、**蟬翼為重，千鈞為輕**：把蟬的翅膀看成是重的，三萬斤的重量看成是親輕的。喻指是非顛倒，真偽混淆。

97、**長安居大不易**：本為唐代詩人顧況以白居易的名字開玩笑。後比喻居住在大城市，生活不容易維持。

98、**長江後浪推前浪**：比喻事物的不斷前進。多指新人新事代替舊人舊事。

99、**長他人志氣，滅自己威風**：指一味助長別人的聲勢，而看不起自己的力量。

100、**朝裡無人莫做官**：舊時俗語。意思是，沒有靠山，事辦不成。

101、**嗔拳不打笑面**：比喻不可以欺淩態度和悅的人。

102、**陳穀子爛芝麻**：比喻陳舊的無關緊要的話或事物。

103、**成敗在此一舉**：舉：舉動。成功、失敗就決定於這次行動了。指採取事關重大的行

動。

104、**成人不自在，自在不成人**：人要有成就，必須刻苦努力，不可安逸自在。

105、**成事不足，敗事有餘**：不能把事情辦好，反而把事情弄壞。多用來指斥辦事拙劣或故意不讓事情辦成的人。

106、**成也蕭何，敗也蕭何**：蕭何：漢高祖劉邦的丞相。成事由於蕭何，敗事也由於蕭何。比喻事情的成功和失敗都是由這一個人造成的。

107、**成則為王，敗則為寇**：舊指在爭奪政權鬥爭中，成功了的就是合法的，稱帝稱王；失敗了的就是非法的，被稱為寇賊。含有成功者權勢在手，無人敢責難，失敗者卻有口難辯的意思。

108、**城門失火，殃及池魚**：城門失火，大家都到護城河取水，水用完了，魚也死了。比喻因受連累而遭到損失或禍害。

109、**乘興而來，敗興而歸**：興：興致，興趣。趁著興致來到，結果很掃興的回去。

110、**秤砣雖小壓千斤**：秤砣看來一小塊卻能壓住千斤之重。比喻外表雖不引人注目，實際很起作用。

111、**吃不了兜著走**：比喻受不了或擔當不起。

112、**吃力不討好**：討：求得。費了好大力氣，也得不到稱讚。形容事情棘手難辦，或工作方法笨拙，不對頭。

113、**吃糧不管事**：只拿錢不做事。比喻工作不負責。

114、**吃軟不吃硬**：對態度強硬者，絕不屈從，對好言好語，可以聽從。形容個性頑強，不怕強硬。

115、**吃一塹，長一智**：塹：壕溝，比喻困難、挫折。受一次挫折，增長一分見識。

116、**吃硬不吃軟**：好言好語不聽從，態度一強硬，反使屈從了。形容人的外強中乾，欺軟怕硬。

117、**吃著碗裡瞧著鍋裡**：比喻貪心不足。

118、**尺蚓穿堤，能漂一邑**：蚯蚓雖小，但它把堤岸穿透了，就能把整個城市淹沒。比喻不注意小的事故，就會引起大禍。

119、**尺有所短，寸有所長**：短：不足，長：有餘。比喻各有長處，也各有短處，彼此都有可取之處。

120、**仇人相見，分外眼紅**：眼紅：激怒的樣子。仇敵碰在一起，彼此更加激怒。

121、**仇人相見，分外眼明**：指當敵對的雙方相逢時，彼此對對方都格外警覺和敏感。

122、**醜媳婦總得見公婆**：比喻隱藏不住，總要露相。

123、**出其不意，攻其不備**：原指出兵攻擊對方不防備的地方。後亦指行動出乎人的意料。

124、**出淤泥而不染**：淤泥：水底的污泥；染：沾。生長在淤泥中，而不被污泥所污染，依然保持純潔的品格。

125、**初生牛犢不怕虎**：犢：小牛。剛生下來的小牛不怕老虎。比喻青年人思想上很少顧慮，敢作敢為，無所畏懼。

126、**做一天和尚撞一天鐘**：過一天算一天，湊合著混日子。

127、**杯中物**：杯子中的東西，指酒。

128、**百世師**：品德學問可以做為百代的表率。

129、**傳聞不如親見**：聽人傳說總不如親眼所見。

130、**船到江心補漏遲**：船到江心才補漏洞。比喻補救不及時，對事情毫無幫助。

131、**船到橋門自會直**：橋：橋樑。比喻事先不必多慮，問題自會得到解決。

132、**船多不礙路**：比喻各走各的路，彼此不妨礙。

133、**吹皺一池春水**：原形容風兒吹指水面，波浪漣漪。後作為與你有何相干或多管閒事的歇後語。

134、**春蠶到死絲方盡**：絲：雙關語，「思」的諧音。比喻情深誼長，至死不渝。

135、**春秋無義戰**：春秋時代沒有正義的戰爭。也泛指非正義戰爭。

136、**春生夏長，秋收冬藏**：春天萌生，夏天滋長，秋天收穫，冬天儲藏。指農業生產的一般過程。亦比喻事物的發生、發展過程。

137、**此處不留人，自有留人處**：指這裡不可居留，自會有可居留的地方。

138、**此地無銀三百兩**：比喻想要隱瞞掩飾，結果反而暴露。

139、**此而可忍，孰不可忍**：這個如能容忍，還有什麼不能容忍呢！

140、**此風不可長**：這種風氣不能讓它滋長發展。

141、**此一時彼一時**：指時間不同，情況亦異，不能相提並論。

142、**從善如登，從惡如崩**：從：順隨。順隨善良像登山一樣，順隨惡行像山崩一樣。比喻學好很難，學壞極容易。

143、**聰明反被聰明誤**：自以為聰明反而被聰明耽誤或妨害了。

144、**存十一於千百**：指亡多而存少。

145、**東西南北客**：指居處無定之人。

146、**東窗計**：指謀害忠良的陰謀詭計。

147、**東道主**：泛指接待或宴客的主人。

148、**東方不亮西方亮**：比喻這裡行不通，別的地方尚有迴旋餘地。

149、**東風吹馬耳**：風吹過馬耳邊。比喻把別人的話當作耳邊風。

150、**東風壓倒西風**：原指封建大家庭裡對立的兩方，一方壓倒另一方。現比喻革命力量對於反動勢力占壓倒的優勢。

151、**東向而望，不見西牆**：比喻主觀片面，顧此失彼。

152、**東隅已逝，桑榆非晚**：東隅：指日出處，表示早年。桑榆：指日落處，表示晚年。早年的時光消逝，如果珍惜時光，發憤圖強，晚年並不晚。

153、**盛名之下，其實難副**：盛：大；副：相稱，符合。名望很大的人，實際的才德常是很難跟名聲相符。指名聲常常可能大於實際。用來表示謙虛或自我警戒。

154、**以其昏昏，使人昭昭**：昏昏：模糊，糊塗；昭昭：明白。指自己還糊裡糊塗，卻要去教別人明白事理。

155、**以其人之道，還治其人之身**：以：拿；治：懲處。用別人的辦法來懲治別人。

156、**打防疫針**：比喻做預防性的工作。

157、**以眼還眼，以牙還牙**：用瞪眼回擊瞪眼，用牙齒咬人對付牙齒咬人。指對方使用什麼手段，就用什麼手段進行回擊。

158、**以子之矛，攻子之盾**：子：對別人的稱呼；矛：進攻敵人的刺擊武器；盾：保護自己擋住敵人刀箭的牌。比喻拿對方的觀點、方法或言論來反駁對方。

159、**重足而立，側目而視**：重足：雙腳併攏；側目：斜著眼睛。形容畏懼而憤恨的樣子。

160、**重賞之下，必有勇夫**：指用重金懸賞，就會有勇於出來幹事的人。

161、**敲邊鼓**：指從旁鼓吹、協助。

162、**打開天窗說亮話**：比喻無須規避，公開說明。

163、**打破沙（砂）鍋問到底**：比喻追究事情的根底。

164、**打蛇打七寸**：比喻說話做事必須抓住主要環節。

165、**打鴨驚鴛鴦**：比喻打甲驚乙。也比喻株連無罪的人。

166、**打鴨子上架**：比喻強迫去做能力做不到的事。

167、**打腫臉充胖子**：比喻寧可付出代價而硬充作了不起。

168、**大旱望雲霓**：雲霓：下雨的徵兆。好像大旱的時候盼望寸水一樣。比喻渴望解除困境。

169、**大開方便之門**：給予極大的方便。

170、**大事不糊塗**：指在有關政治的是非問題上能堅持原則，態度鮮明。

171、**大樹底下好乘涼**：比喻有所依託，事情就好辦。

172、**大水沖了龍王廟**：比喻本是自己人，因不相識而相互發生了衝突爭端。

173、**帶著鈴鐺去做賊**：比喻要幹隱秘的事而自己先聲張出去。

174、**丹之所藏者赤**：比喻交朋友必須謹慎選擇。

175、**單絲不成線**：一根絲絞不成線。比喻個人力量單薄，難把事情辦成。

176、**單則易折，眾則難摧**：勢孤力單，容易受人欺負；從多氣壯，別人不敢欺侮。

177、**淡泊以明志，寧靜以致遠**：淡泊：恬淡寡欲；寧靜：安寧恬靜；致：達到。不追求名利，生活簡樸以表現自己高尚的情趣；心情平穩沉著，才可有所作為。

178、**當局者迷，旁觀者清**：當局者：下棋的人；旁觀者：看棋的人。當事人被碰到的事情搞糊塗了，旁觀的人卻看得很清楚。

179、**當面鑼，對面鼓**：比喻面對面地商量、對證或爭論。

180、**當面輸心背面笑**：比喻當面顯得十分親熱，背後卻在搗鬼。

181、**道不同，不相為謀**：比喻志趣不同的人不會在一起共事。

182、**道高一尺，魔高一丈**：原意是宗教家告誡修行的人要警惕外界的誘惑。後比喻取得一定成就以後往往面臨新的更大的困難。

183、**道高益安，勢高益危**：益：更加；勢：權勢。道德越高尚，為人處事好，就越安全；權勢越大，更容易濫用權力，剛愎自用，就越危險。

184、**道遠知驥，世偽知賢**：驥：良馬。路途遙遠才可以辨別良馬，世間的虛偽狡詐才能鑒別賢才。比喻經過長久的磨練，才能看出人的優劣。

185、**得道多助，失道寡助**：道：道義；寡：少。站在正義方面，會得到多數人的支援幫助；違背正義，必陷於孤立。

186、**得饒人處且饒人**：指做事不要做絕，須留有餘地。

187、**得人者昌，失人者亡**：人：指人心。得人心的就能興隆，失去人心的就要滅亡。

188、**貂不足，狗尾續**：指授官太濫。指美中不足或以次充好。

189、**掉書袋**：掉：擺動，搖動。指說話或寫文章好引用古書言詞來賣弄自己的學識淵博。

190、**丁是丁，卯是卯（亦作「釘是釘，鉚是鉚」）**：某個釘子一定要安在相應的鉚處，

不能有差錯。形容對事認真，毫不含糊。

191、**丟下耙兒弄掃帚**：放下這樣，又做那樣。比喻事情總做不完。

192、**冬寒抱冰，夏熱握火**：冬天寒冷卻要抱冰，夏天炎熱卻要握火。形容刻苦自勉。

193、**讀書百遍，其義自見**：見：顯現。讀書上百遍，書意自然領會。指書要熟讀才能真正領會。

194、**讀書破萬卷**：破：突破；卷：書籍冊數。形容讀書很多，學識淵博。

195、**獨此一家，別無分店**：原是一些店鋪招攬生意的用語，向顧客表明他沒分店，只能在他這一家店裡買到某種商品。泛指某種事物只有他那兒有，別處都沒有。

196、**獨木不成林**：一棵樹成不了森林。比喻個人力量有限，辦不成大事。

197、**蠹啄剖樑柱**：比喻事故或災害剛一發生就立刻防止。

198、**多行不義必自斃**：壞事幹多了，結果是自己找死。

199、**多一事不如少一事**：指不管閒事，事情越少越好。

200、**惡虎不食子**：即使兇惡的老虎也不吃自己生下的小老虎。比喻不傷害親近者。

201、**惡事行千里**：指好事不容易被人知道，壞事卻傳播得極快（含有勸告的意思）。

202、**惡作劇**：捉弄人的使人難堪的行動。

203、**餓死事小，失節事大**：失節：原為封建禮教指女子失去貞操，後泛指失去節操。貧困餓死是小事，失節事情就大了。

204、**耳報神**：指暗中通風報信的人。

205、**耳邊風**：在耳邊吹過的風。比喻聽了不放在心上的話。

206、**耳聞不如目見**：聽到的不如看到的真實可靠。比喻實際經驗的重要。

207、**耳聞是虛，眼觀為實**：親自聽到的還不足為信，只有親眼看到的才是真實可靠的。

208、**二虎相鬥，必有一傷**：兩隻兇惡的老虎爭鬥起來，其中必有一隻受傷。比喻敵對雙方實力都很強，激烈鬥爭的結果，必有一方吃虧。

209、**二人同心，其利斷金**：比喻只要兩個人一條心，就能發揮很大的力量。

210、**二桃殺三士**：將兩個桃子賜給三個壯士，三壯士因相爭而死。比喻借刀殺人。

211、**二一添作五**：本是珠算除法的一句口訣，是二分之一等於零點五的意思。比喻雙方平分。

212、**二者不可得兼**：兩項之中只能得其一，不能兼而有之。

213、**發昏章第十一**：昏頭昏腦的風趣話。仿《孝經》「某某章第幾」的說法。

214、**法不傳六耳**：指極端秘密，不能讓第三者知道。

215、**翻手為雲，覆手為雨**：形容人反覆無常或慣於耍手段。

216、**凡事預則立，不預則廢**：預：預先，指事先作好計畫或準備；立：成就；廢：敗壞。不論做什麼事，事先有準備，就能得到成功，不然就會失敗。

217、**反其道而行之**：其：他的；道：方法，辦法。採取同對方相反的辦法行事。

218、**方以類聚，物以群分**：方：方術，治道的方法；物：事物。原指各種方術因種類相同聚在一起，各種事物因種類不同而區分開。後指人或事物按其性質分門別類。

219、**放長線釣大魚**：比喻做事從長遠打算，雖然不能立刻收效，但將來能得到更大的好處。

220、**放冷箭**：乘人不備，放箭傷人。比喻暗中傷人。冷箭：暗箭。

221、**放下屠刀，立地成佛**：佛家勸人改惡從善的話。比喻作惡的人一旦認識了自己的罪行，決心改過，仍可以很快變成好人。

222、**放之四海而皆準**：四海：古人認為中國四境有海環繞，故稱全國為「四海」；准：準確。比喻具有普遍性的真理到處都適用。

223、**分久必合，合久必分**：指人或事物變化無常，分合無定。

224、**紅眼病**：比喻嫉妒他人得到好處的不良心態。

225、**豐年玉荒年谷**：比喻有用的人才。

226、**風從虎，雲從龍**：比喻事物之間的相互感應。

227、**風高放火，月黑殺人**：風高：風非常大。月黑：指黑夜。趁風大放火，趁黑夜殺人。形容盜匪趁機作案的行徑。

228、**風馬牛不相及**：風：走失；及：到。本指齊楚相去很遠，即使馬牛走失，也不會跑到對方境內。比喻事物彼此毫不相干。

229、**風聲鶴唳，草木皆兵**：唳：鳥鳴。聽到風聲和鶴叫聲，都疑心是追兵。形容人在驚慌時疑神疑鬼。

230、**蜂蠆作於懷袖**：比喻出乎意外的驚嚇。

231、**佛是金妝（裝），人是衣妝（裝）**：指佛靠金子裝點，人靠衣飾打扮。比喻人內裡不足，要靠外表。

232、**福不重至，禍必重來**：福不會接連而來，禍災卻會接踵而至。

233、**福無雙至，禍不單行**：指幸運事不會連續到來，禍事卻會接踵而至。

234、**福兮禍所伏，禍兮福所倚**：指福禍互為因果，互相轉化。

235、**蜉蝣撼大樹**：比喻自不量力。

236、**附驥尾**：附著在千里馬的尾巴上。比喻仰仗別人而成名。常作謙詞。

237、**富貴不能淫**：富貴：舊指有錢財、有地位；淫：迷惑。指意志不為金錢和地位所迷惑。

238、**蝮蛇螫手，壯士解腕**：手腕被腹蛇咬傷，便立即截斷，以免毒液延及全身，危及生命。比喻事到緊要關頭，必須下決心當機立斷。也比喻犧牲局部，照顧全局。

239、**覆巢無完卵**：覆：翻倒。翻倒的鳥窩裡不會有完好的卵。比喻滅門大禍，無一倖免。又比喻整體毀滅，個體也不能倖存。

240、**趕浪頭**：指跟在大眾後面做一些適應當前形勢的事。

241、**趕鴨子上架**：比喻強迫去做能力達不到的事情。

242、**敢怒而不敢言**：心裡憤怒而嘴上不敢說。指懾於威脅，胸中憤怒不敢吐露。

243、**高不成低不就**：高者無力得到，低者又不屑遷就。形容求職或婚姻上的兩難處境。

244、**割雞焉用牛刀**：殺只雞何必用宰牛的刀。比喻辦小事情用不著花大氣力。

245、**歌於斯，哭於斯**：歌唱在這裡，哭泣在這裡。指安居的家宅。

246、**隔山買老牛**：比喻人辦事冒失，沒有弄清情況，就輕易決定。

247、**隔行如隔山**：指不是本行的人就不懂這一行業的門道。

248、**各人自掃門前雪，莫管他人瓦上霜**：莫管：不要管。比喻不要多管閒事。

249、**更上一層樓**：原意是要想看得更遠，就要登得更高。後比喻使已取得的成績再提高一步。

250、**工欲善其事，必先利其器**：器：工具。要做好工作，先要使工具鋒利。比喻要做好一件事，準備工作非常重要。

251、**公說公有理，婆說婆有理**：比喻雙方爭執，各說自己有理。

252、**功到自然成**：下了足夠功夫，事情自然就會取得成效。

253、**攻其一點，不及其餘**：對於人或事不從全面看，只是抓住一點就攻擊。多指有偏見的批評。

254、**攻無不克，戰無不勝**：攻：攻打；克：攻克。沒有攻佔不下來的。形容力量無比強大。

255、**恭敬不如從命**：客套話。多用在對方對自己客氣，雖不敢當，但不好違命。

256、**餓飯不及壺飧**：豐盛的酒肴沒有準備好，不如一壺水泡飯可以解除饑餓。比喻事情很急，不能等待。

257、**狗咬呂洞賓**：呂洞賓：傳說中的八仙之一。狗見了呂洞賓這樣做善事的好人也咬，用來罵人不識好歹。

258、**狗豬不食其餘**：食：吃。狗豬都不吃他剩下的東西。形容人的品行極其卑鄙齷齪。

259、**狗嘴裡吐不出象牙**：比喻壞人嘴裡說不出好話來。

260、**故紙堆**：指大量的古舊書籍、資料。含貶義。比喻人埋首研讀古書，不知人情世故。

261、**顧前不顧後**：只顧及前面而忘了後面。形容做事或考慮事不仔細周到。

262、**顧頭不顧尾**：形容做事或考慮事不仔細周到。

263、**顧左右而言他**：看著兩旁的人，說別的話。形容無話對答，有意避開本題，用別的話搪塞過去。

264、**瓜皮搭李樹**：根本搭不上。指強認親族。

265、**瓜田不納履，李下不整冠**：走過瓜田，不要彎下身子提鞋；經過李樹下面，不要舉起手來整理帽子。比喻避嫌疑。

266、**掛羊頭，賣狗肉**：掛著羊頭，賣的卻是狗肉。比喻以好的名義做招牌，實際上兜售低劣的貨色。

267、**關東出相，關西出將**：關：函穀關。函穀關以東的地區，民風好文，多出宰相；函穀關以西的地區，民風好武，多出將帥。

268、**關門養虎，虎大傷人**：比喻縱容助長壞人壞事，到頭來自己受害。

269、**觀今宜鑒古**：宜：應該；鑒：鏡子。觀察當今的社會，應以古代為鏡子加以借鑒。

270、**歸師勿掩，窮寇勿追**：掩：乘人不備進行襲擊。不能襲擊撤退的軍隊，也不能追殺走投無路的敵人。指特定情況下要防止敵人拼死反擊，以免不測的犧牲。

271、**貴冠履輕頭足**：比喻主次或輕重顛倒。

272、**貴人多忘事**：高貴者往往善忘。原指高官態度傲慢，不念舊交，後用於諷刺人健忘。

273、**過屠門而大嚼**：屠門：肉店。比喻心裡想而得不到手，只好用不切實際的辦法來安慰自己。

274、**過五關，斬六將**：過了五個關口，斬了六員大將。比喻英勇無比。也比喻克服重重困難。

275、**含著骨頭露著肉**：比喻說話半吞半吐，不把意思完全說出來。

276、**海內存知己，天涯若比鄰**：四海之內有知己朋友，即使遠在天邊，也感覺像鄰居一樣近。

277、**海水不可斗量**：海水是不可以用斗去量的。比喻不可根據某人的現狀就低估他的未來。

278、**韓信將兵，多多益善**：將：統率，指揮。比喻越多越好。

279、**漢賊不兩立**：比喻有我無你。

280、**毫不利己，專門利人**：絲毫不為個人利益著想，一心一意做有利於他人的事情。

281、**好漢不吃眼前虧**：俗語。指聰明人能識時務，暫時躲開不利的處境，免得吃虧受辱。

282、**好了瘡疤忘了痛**：比喻情況好轉後就忘了過去的困難或失敗的教訓。

283、**好女不穿嫁時衣**：比喻自食其力，不依靠父母或祖上遺產生活。

284、**好事不出門，惡事行千里**：指好事不容易被人知道，壞事卻傳播得極快。

285、**好心做了驢肝肺**：俗語。指把好心當作壞意。

286、**何樂而不為**：有什麼不樂於去做的呢？表示願意去做。

287、**何其相似乃爾**：二者多麼相像，竟然到了這樣的地步。形容十分相像。

288、**涸澤而漁，焚林而獵**：涸：使水乾枯；澤：聚水的窪地；焚：燒毀。把池水戽幹來捕魚，將林地燒毀來打獵。比喻只圖眼前利益，不作長遠打算。

289、**黑雲壓城城欲摧**：摧：毀壞。黑雲密佈在城的上空，好像要把城牆壓塌似的。比喻惡勢力一時囂張造成的緊張局面。

290、**恨鐵不成鋼**：形容對所期望的人不爭氣不上進感到不滿，急切希望他變好。

291、**橫挑鼻子豎挑眼**：比喻百般挑剔。

292、**後來者居上**：後來的超過先前的。

293、**後浪推前浪**：江水奔流，前後相繼。比喻後面的事物推動前面的事物，像後浪推動前浪一樣，不斷前進。

294、**呼之即來，揮之即去**：即：就，立刻；揮：揮手。叫他來就來，叫他走就走。形容統治階級對下屬或奴才的任意使喚。

295、**猢猻入布袋**：猢猻：猴子。猴子進了口袋。比喻行動失去約束。

296、**虎而冠**：冠：把帽子戴在頭上。比喻生性殘虐的人。

297、**虎生三子，必有一彪**：比喻眾多子女之中，一定有一個超群出眾的人。

298、**滑天下之大稽**：強調事情非常滑稽可笑（帶諷刺意味）。

299、**化腐朽為神奇**：神奇：神妙奇特的東西。變壞為好，變死板為靈巧，變無用為有用。

300、**化干戈為玉帛**：干戈：指打仗；玉帛：玉器和絲織品，指和好。比喻使戰爭轉變為和平。

301、**畫虎不成反類犬**：類：像。畫老虎不成，卻像狗。比喻模仿不到家，反而不倫不類。

302、**畫虎畫皮難畫骨**：比喻認識一個人容易，瞭解一個人的內心卻難。

303、**換湯不換藥**：煎藥的水換了，但是藥方卻沒有變。比喻名稱或形式雖然改變了，內容還是老一套。

304、**皇天不負有心人**：上天不會辜負有恆心的人。

305、**黃鐘毀棄，瓦釜雷鳴**：黃鐘被砸爛並被拋置一邊，而把泥制的鍋敲得很響。比喻有才德的人被棄置不用，而無才德的平庸之輩卻居於高位。

306、**惶惶（皇皇）不可終日**：驚慌地連一天都過不下去。形容驚恐不安到了極點。

307、**禍兮福所倚，福兮禍所伏**：倚：倚靠；伏：隱藏。禍中有福，福中有禍。比喻壞事可以引出好的結果，好事也可以引出壞的結果。

308、**行行出狀元**：比喻不論做哪一行，只要熱愛本職工作，都能做出優異的成績。

309、**行百里者半九十**：走一百里路，走了九十裡才算是一半。比喻做事愈接近成功愈要認真對待。

310、**行不得也哥哥**：鷓鴣叫聲的擬意，表示行路艱難。

311、**行不更名，坐不改姓**：表示自己是個硬漢，對別人毫無隱瞞。

312、**饑者易為食，渴者易為飲**：饑餓的人什麼食物都可以吃，口渴的人什麼飲品都可以喝。比喻需要急迫的人容易滿足。

313、**機不可失，失（時）不再來**：失：錯過。指時機難得，必需抓緊。

314、**雞蛋裡找骨頭**：比喻故意挑剔。

315、**雞爛嘴巴硬**：比喻自知理虧，還要強辯。

316、**雞犬之聲相聞，老死不相往來**：雞鳴狗吠的聲音都能聽到，可是一輩子也不互相來往。現在形容彼此不瞭解，不互通音訊。

317、**積財千萬，不如薄技在身**：積蓄財產，不如學點技術。

318、**積土為山，積水為海**：把土堆起來可以成山，把水蓄起來可以成海。比喻積少成多。

319、**岌岌不可終日**：形容情況非常危險，一天都過不下去。

320、**即以其人之道，還治其人之身**：就用那個人對付別人的辦法返回來對付那個人自己。

321、**急急如律令**：本是漢代公文用語，後來道士或巫師亦用於符咒的末尾。如同法律命令，必須立即遵照執行。

322、**急驚風撞著慢郎中**：患急病遇到了慢性子的醫生。比喻緩慢的行動趕不上緊急的需要。

323、**急來報佛腳**：比喻事到臨頭才慌忙準備。

324、**疾風掃秋葉**：疾：猛烈。比喻力量強大、行動迅速，像暴風掃除落葉一樣。

325、**疾風知勁草**：在猛烈的大風中，只有堅韌的草才不會被吹倒。比喻只有經過嚴峻的考驗，才知道誰真正堅強。

326、**疾雷不及掩耳**：突然響起雷聲，使人來不及掩耳。比喻事情或動作來得突然，使人來不及防備。

327、**己所不欲，勿施於人**：欲：希望；勿：不要；施：施加。自己不願意的，不要加給別人。

328、**既來之，則安之**：既：已經；來之：使之來；安之：使之安。原意是既然把他們招撫來，就要把他們安頓下來。後指既然來了，就要在這裡安定下來。

329、**既有今日，何必當初**：既然現在後悔，當初為什麼要那樣做？

330、**夾板醫駝子**：比喻只顧這一方面，不顧那一方面。

331、**家醜不可外揚**：家裡不光彩的事，不便向外宣揚。

332、**家書抵萬金**：比喻家信的珍貴。

333、**家有敝（弊）帚，享之千金**：敝（弊）帚：破掃帚；享：供奉。自家的破掃帚被認為價值千金。比喻自己的東西即使不好也倍覺珍貴。有時用於自謙。

334、**假惺惺**：假心假意的樣子。

335、**嫁雞隨雞，嫁狗隨狗**：封建禮教認為，女子出嫁後，不論丈夫好壞，都要永遠跟從。

336、**奸同鬼蜮，行若狐鼠**：奸詐像鬼蜮，狡猾像狐鼠。比喻人惡劣到極點。

337、**尖擔兩頭脫**：兩頭尖的扁擔無法挑東西。比喻兩頭落空。

338、**兼聽則明，偏信則暗**：指要同時聽取各方面的意見，才能正確認識事物；只相信單方面的話，必然會犯片面性的錯誤。

339、**蒹葭倚玉樹**：蒹葭：沒有長穗的蘆葦。蘆葦靠在玉樹旁。比喻一醜一美不能相比。也用作借別人的光的客套話。

340、**見其一未見其二**：知道事物的一方面，不知道還有另一方面。形容對事物的瞭解不全面。

341、**見物不見人**：只看到事物，看不見人。指片面強調物質條件，看不到人的主觀能動作用。

342、**見之不取，思之千里**：見到時不拿過來，以後再想要就更難辦了。

343、**江海不逆小流**：江海的浩瀚，是能容納細流的緣故。比喻人氣度大才能擔當大事。

344、**江山易改，稟性難移**：人的本性的改變，比江山的變遷還要難。形容人的本性難以改變。

345、**姜太公釣魚，願者上鉤**：比喻心甘情願地上當。

346、**將門無犬子**：將門：將、相的家庭。比喻父輩有才能，子孫也不會有庸才俗輩。

347、**將欲取之，必先與之**：要想奪取些什麼，得暫且先給些什麼。指先付出代價以誘使對方放松警惕，然後找機會奪取。

348、**狡兔死，良狗烹**：烹：燒煮。兔子死了，獵狗就被人烹食。比喻給統治者效勞的人事成後被拋棄或殺掉。

349、**腳踏兩隻船**：比喻對事物的認識不清而拿不定主意，或為了投機取巧而跟不同的兩個方面都保持關係。

350、**教婦初來，教兒嬰孩**：指對一個人施加教育應該及時及早。

351、**解鈴還需繫鈴人**：比喻誰惹出來的麻煩，還得由誰去解決。

352、**今朝有酒今朝醉**：比喻過一天算一天。也形容人只顧眼前，沒有長遠打算。

353、**金無足赤，人無完人**：足赤：足金，純金。沒有純而又純的金子。比喻沒有十全十美的事物。也比喻不能要求一個人沒有一點缺點錯誤。

354、**金玉其外，敗絮其中**：金玉：比喻華美；敗絮：爛棉花。外面像金像玉，裡面卻是破棉絮。比喻外表很華美，而裡面一團糟。

355、**緊箍咒**：小說《西遊記》中唐僧用來制服孫悟空的咒語，能使孫悟空頭上的金箍緊縮，頭痛欲裂。後用來比喻束縛人的東西。

356、**近水樓臺先得月**：水邊的樓臺先得到月光。比喻由於接近某些人或事物而搶先得到某種利益或便利。

357、**近朱者赤，近墨者黑**：靠著朱砂的變紅，靠著墨的變黑。比喻接近好人可以使人變好，接近壞人可以使人變壞。指客觀環境對人有很大影響。

358、**進思盡忠，退思補過**：在朝廷做官，就忠心耿耿報效君主；辭官隱退時，就反省自

己，以彌補過失。

359、**經一事，長一智**：親身經歷了某件事情，就能增長關於這方面的知識。

360、**驚天地，泣鬼神**：使天地為之震驚，使鬼神為之哭泣。

361、**精誠所至，金石為開**：人的誠心所到，能感動天地，使金石為之開裂。比喻只要專心誠意去做，什麼疑難問題都能解決。

362、**井水不犯河水**：比喻各管各的，互不相犯。

363、**靜若處子，動若脫兔**：指軍隊未行動時就像未出嫁的女子那樣沉靜，一行動就像逃脫的兔子那樣敏捷。

364、**九鼎不足為重**：形容說話有分量，比較起來九鼎也不算重。

365、**九牛二虎之力**：比喻很大的力氣。常用於很費力才做成一件事的場合。

366、**九折臂**：九：泛指多次；折：斷。多次折斷胳膊，經過反覆治療而熟知醫理。比喻閱歷多，經驗豐富。

367、**久旱逢甘雨**：逢：遇到。乾旱了很久，忽然遇到一場好雨。形容盼望已久終於如願的欣喜心情。

368、**舊瓶裝新酒**：比喻用舊的形式表現新的內容。

369、**救人一命，勝造七級浮屠**：指救人性命功德無量。

370、**居移氣，養移體**：指地位和環境可以改變人的氣質，奉養可以改變人的體質。

371、**鞠躬盡瘁，死而後已**：鞠躬：彎著身子，表示恭敬、謹慎；盡瘁：竭盡勞苦；已：停止。指勤勤懇懇，竭盡心力，到死為止。

372、**舉如鴻毛，取如拾遺**：舉一根羽毛，拾一件東西。比喻事情容易做，不費氣力。

373、**拒人於千里之外**：拒：拒絕。把人擋在千里之外。形容態度傲慢，堅決拒絕別人，或毫無商量餘地。

374、**涓涓不壅，終為江河**：壅：堵塞。細小的水流如果不堵塞，終將匯合成為大江大河。比喻對細小或剛剛萌芽的問題不加注意或糾正，就會釀成大的問題。

375、**捲地皮**：把地皮都捲走了。比喻官吏的殘酷搜刮。

376、**決勝於千里之外**：坐鎮指揮千里之外的戰局。形容將帥雄才大略，指揮若定。

377、**攫金不見人**：比喻為了滿足個人的欲望而不顧一切。

378、**君子一言，快馬一鞭**：比喻一言為定，決不反悔。

379、**君子之交淡如水**：交：交情。賢者之間的交情，平淡如水，不尚虛華。

380、**快刀斬亂麻**：比喻做事果斷，能採取堅決有效的措施，很快解決複雜的問題。

381、**柳暗花明又一村**：原形容前村的美好春光，後借喻突然出現新的好形勢。

382、**柳樹上著刀，桑樹上出血**：比喻代人受過。

383、**強不知以為知**：不懂裝懂，本來不知道，強說知道。

384、**強將手下無弱兵**：英勇的將領部下沒有軟弱無能的士兵。比喻好的領導能帶出一支好的隊伍。

385、**強龍不壓地頭蛇**：比喻有能耐的人也難對付盤踞當地的惡勢力。

386、**強中更有強中手**：比喻技藝無止境，不能自滿自大。

387、**開弓不放箭**：比喻故意做出一種要行動的姿態。

388、**開門七件事**：比喻每天的必需開支。

389、**看菜吃飯，量體裁衣**：量體：用尺量身材的大小長短。裁：裁剪。比喻根據具體情況辦事。

390、**看人下菜碟兒**：比喻待人因人而異。

391、**慷他人之慨**：利用他人的財物作人情或裝飾場面。

392、**糠菜半年糧**：一年之中有半年用糠和菜代替糧食。形容舊社會勞動人民的生活極其貧困。

393、**靠山吃山，靠水吃水**：比喻自己所在的地方有什麼條件，就依靠什麼條件生活。

394、**苛政猛於虎**：政：政治。指殘酷壓迫剝削人民的政治比老虎還要可怕。

395、**可望而不可及**：指只可仰望而不可接近。

396、**可望而不可即**：即：接近。能望見，但達不到或不能接近。常比喻目前還不能實現的事物。

397、**空城計**：指在危急處境下，掩飾空虛，騙過對方的策略。

398、**空口說白話**：形容只說不實行，或只說而沒有事實證明。

399、**口惠而實不至**：惠：恩惠。只在口頭上答應給別人好處，而實際的利益卻得不到別人身上。

400、**口頭禪**：原指和尚常說的禪語或佛號。現指經常掛在口頭上而無實際意義的詞句。

401、**苦海無邊，回頭是岸**：佛教語。意指塵世如同苦海，無邊無際，只有悟道，才能獲得超脫。亦以比喻罪惡雖重，只要悔改，便有出路。

402、**來而不往非禮也**：表示對別人施加於自己的行動將作出反應。

403、**來世不可待**：對於未來的事，不可期望等待。

404、**來者不善，善者不來**：來的不懷善意，有善意的不會來。

405、**癩蛤蟆想吃天鵝肉**：比喻人沒有自知之明，一心想謀取不可能到手的東西。

406、**稂不稂莠不莠**：既不像稂，也不像莠。比喻不成材，沒出息。

407、**老而不死是為賊**：責老而無德行者的話。

408、**老虎頭上撲蒼蠅**：比喻自己找死。

409、**老虎頭上搔癢**：比喻不自量力。

410、**老江湖**：指在外多年，很有閱歷，非常世故的人。

411、**老鼠過街，人人喊打**：比喻害人的東西，大家一致痛恨。

412、**老死不相往來**：指彼此不聯繫，不交流情況。

413、**雷聲大，雨點小**：比喻做起事來聲勢造得很大，實際行動卻很少。

414、**冷鍋裡爆豆**：比喻本已平息的糾紛，口舌等忽然又發作起來。

415、**籬牢犬不入**：籬笆編得結實，狗就鑽不進來。比喻自己品行端正，壞人就無法勾引。

416、**禮輕情意重**：禮物雖然很輕，但情意卻很深厚。

417、**里程碑**：路旁標誌裡數的碑。比喻在歷史進程中可作為標誌的重大事件。

418、**鯉魚跳龍門**：古代傳說黃河鯉魚跳過龍門，就會變化成龍。比喻中舉、升官等飛黃騰達之事。也比喻逆流前進，奮發向上。

419、**立於不敗之地**：立於：處在。使自己處在不會失敗的地位。

420、**遼東豕**：比喻知識淺薄，少見多怪。

421、**烈火見真金**：真金是不怕烈火燒的，所以只有在烈火中才能鑒別出是不是真金。比喻在關鍵時刻最能考驗人。

422、**烈士暮年，壯心不已**：烈士：志向遠大的英雄。已：停止，衰滅。英雄到了晚年，壯志雄心並不衰減。

423、**裂冠毀冕，拔本塞源**：冕：古代王侯卿大夫所戴的禮帽；本：樹根。原比喻諸侯背棄禮法，侵犯天子的直接領地。後用作臣下推翻國君，奪取王位的代稱。

424、**臨時抱佛腳**：原意為年老信佛，以求保佑，有臨渴掘井之意。後因稱平時無準備而事急時倉猝張羅為「臨時抱佛腳」。

425、**菱角磨作雞頭**：比喻困難大，波折多。

426、**流水不腐，戶樞不蠹**：腐：臭；樞：門軸；蠹：蛀。流動的水不會發臭，經常轉動的門軸不會腐爛。比喻經常運動的東西不易受侵蝕。

427、**流言止於智者**：沒有根據的話，傳到有頭腦的人那裡就不能再流傳了。形容謠言經不起分析。

428、**留得青山在，不愁沒柴燒**：比喻只要基礎或根本還存在，暫時遭受損失或挫折無傷大體。

429、**六耳不同謀**：原意是三個人知道就不能保守秘密。後也比喻輕信傳聞的話沒有益處。

430、**漏甕沃焦釜**：用漏甕裡的餘水倒在燒焦的鍋裡。比喻情勢危急，亟待挽救。

431、**露馬腳**：比喻暴露了隱蔽的事實真相。

432、**廬山真面目**：比喻事物的真相或人的本來面目。

433、**鹿死不擇音（蔭）**：指庇蔭的地方。音，通「蔭」。比喻只求安身，不擇處所。亦比喻情況危急，無法慎重考慮。

434、**路見不平，拔刀相助**：在路上遇見欺負人的事情，就挺身而出幫助受害的一方。舊時為人們所稱道的一種俠義行為。

435、**路遙知馬力，日久見人心**：路途遙遠才能知道馬的力氣大小，日子長了才能看出人心的好壞。

436、**驢唇不對馬嘴**：比喻答非所問或兩下不相合。

437、**呂端大事不糊塗**：喻指辦事堅持原則。亦指在大是大非面前保持清醒的頭腦。

438、**亂彈琴**：比喻胡扯或胡鬧。

439、**捋虎鬚**：捋：撫摩。比喻觸犯有權勢的人或冒著很大的風險。

440、**落花有意，流水無情**：比喻這一方面有情，那一方面無意（多指男女戀愛）。

441、**麻雀雖小，五臟俱全**：比喻事物體積或規模雖小，具備的內容卻很齊全。

442、**馬後炮**：像棋術語。比喻不及時的舉動。

443、**馬前卒**：舊時在馬前吆喝開路的兵卒差役。現在比喻為人奔走效力的人。

444、**瞞上不瞞下**：瞞：也作「謾」，欺騙，蒙蔽。瞞著上面，不瞞下面。後泛指官吏只欺騙上面的人，對下面的人則無所顧忌，公開做壞事。

445、**滿天飛**：形容到處都是。亦作「滿空飛」。

446、**滿招損，謙受益**：自滿會招致損失，謙虛可以得到益處。

447、**冒天下之大不韙**：冒：冒犯；不韙：不是，錯誤。去幹普天下的人都認為不對的事情。指不顧輿論的遣責而去幹壞事。

448、**眉毛鬍子一把抓**：俗語。比喻做事不分輕重緩急。

449、**眉頭一皺，計上心來**：形容略一思考，猛然想出了一個主意。

450、**門外漢**：指外行人。

451、**悶葫蘆**：比喻很難猜透而令人納悶的話或事情。

452、**迷魂湯**：比喻迷惑人的語言或行為。

453、**迷魂陣**：比喻使人迷惑而上當的圈套、計謀。

454、**獼猴騎土牛**：比喻職位提升很慢。

455、**靡不有初，鮮克有終**：靡：無；初：開始；鮮：少；克：能。事情都有個開頭，但很少能到終了。多用以告誡人們為人做事要善始善終。

456、**民以食為天**：天：比喻賴以生存的最重要的東西。人民以糧食為自己生活所繫。指民食的重要。

457、**敏於事，慎於言**：敏：奮勉，慎：小心。辦事勤勉，說話謹慎。

458、**名不正，言不順**：指名分不正或名實不符。

459、**名師出高徒**：高明的師傅一定能教出技藝高的徒弟。比喻學識豐富的人對於培養人才的重要。

460、**明察秋毫，不見輿薪**：目光敏銳，可以看清鳥獸的毫毛，而看不到一車柴草。比喻為人精明，只看到小節，看不到大處。

461、**明察秋毫之末，而不見輿薪**：眼力能看到一根毫毛的末梢，而看不到一車柴草。比喻只看到小處，看不到大處。

462、**明槍易躲，暗箭難防**：比喻公開的攻擊容易躲避，暗地裡的攻擊難以防備。

463、**明人不做暗事**：心地光明的人不做鬼鬼祟祟的事。比喻有意見當面提出，不在背後搗鬼。

464、**明修棧道，暗渡陳倉**：比喻用一種假象迷惑對方，實際上卻另有打算。

465、**鳴鼓而攻之**：比喻宣佈罪狀，遣責或聲討。

466、**摸不著頭腦**：指弄不清是怎麼回事。

467、**磨刀不誤砍柴工**：磨刀花費時間，但不耽誤砍柴。比喻事先充分做好準備，就能使工作加快。

468、**磨而不磷，涅而不緇**：磨了以後不變薄，染了以後不變黑。比喻意志堅定的人不會受環境的影響。

469、**捅馬蜂窩**：喻指惹禍招非。

470、**抹一鼻子灰**：比喻本想巴結討好，結果反倒碰個釘子，落得很沒趣。

471、**莫須有**：原意是也許有吧。後指憑空捏造。

472、**謀事在人，成事在天**：舊諺。意思是自己已經盡力而為，至於能否達到目的，那就要看時運如何了。

473、**牡丹雖好，全仗綠葉扶持**：比喻人不管有多大能耐，總得有人在旁協助。

474、**同生死，共存亡**：形容彼此間利害一致，生死與共。

475、**同聲相應，同氣相求**：同類的事物相互感應。指志趣、意見相同的人互相響應，自然地結合在一起。

476、**難於上青天**：比上天還難。形容極其困難，不易實現。

477、**泥菩薩過江**：表示連自己也保不住，更談不上幫助別人。

478、**鳥獸散**：形容成群的人像鳥獸逃散一樣紛亂地散去（多形容敵人潰逃）。

479、**寧為雞口，不為牛後**：牛後：牛的肛門。寧願做小而潔的雞嘴，而不願做大而臭的牛肛門。比喻寧在局面小的地方自主，不願在局面大的地方聽人支配。

480、**寧為玉碎，不為瓦全**：寧做玉器被打碎，不做瓦器而保全。比喻寧願為正義事業犧牲，不願喪失氣節，苟且偷生。

481、**牛不喝水強按頭**：比喻用強迫手段使就範。

482、**牛頭不對馬嘴**：比喻答非所問或兩下不相合。

483、**駑馬戀棧豆**：劣馬惦著的只是馬棚裡的飼料。比喻無能的人只貪圖安逸，無遠大志向。

484、**怒從心頭起，惡向膽邊生**：比喻憤怒到極點就會膽大得什麼事都幹得出來。也泛指惱怒到極點。

485、**女大不中留**：指女子成年，須及時出嫁，不宜久留在家。

486、**女大十八變**：指女子在發育成長過程中，容貌性格有較多的變化。

487、**盤古開天地**：指人類開始有了歷史。

488、**賠了夫人又折兵**：比喻想佔便宜，反而受到雙重損失。

489、**盆朝天，碗朝地**：形容家庭中雜亂無條理。

490、**蓬生麻中，不扶自直**：蓬昔日長在大麻田裡，不用扶持，自然挺直。比喻生活在好的環境裡，得到健康成長。

491、**皮之不存，毛將焉附**：焉：哪兒；附：依附。皮都沒有了，毛往哪裡依附呢？比喻事物失去了藉以生存的基礎，就不能存在。

492、**貧無立錐之地**：窮得連可以插下錐子那樣小的地方都沒有。形容窮困之極。

493、**平地起孤丁**：比喻無事生非。

494、**平地一聲雷**：比喻突然發生的重大變動。也比喻名聲或地位突然升高。

495、**平時不燒香，急來抱佛腳**：諺語。原比喻平時不往來，遇有急難才去懇求。後多指平時沒有準備，臨時慌忙應付。

496、**潑冷水**：比喻挫傷別人的熱情或興致。

497、**破鼓亂人捶**：比喻人失勢受到大家的欺侮。

498、**破題兒第一遭**：比喻第一次做某件事。

499、**破天荒**：指從來沒有出現過的事。

500、**騎鶴上揚州**：後比喻欲集做官、發財、成仙於一身，或形容貪婪、妄想。

501、**清一色**：原指打麻將時由一種花色組成的一副牌。後比喻全部由同一種成分構成。

502、**清官難斷家務事**：再公正的官吏也很難論斷家庭糾紛的是非曲直。指家庭內部的事，外人很難搞清楚。

503、**清官能斷家務事**：俗語。表示家族糾紛情況複雜，外人沒法斷定誰是誰非。

504、**清君側**：指清除君主身旁的親信、壞人。

505、**七次量衣一次裁**：比喻事先的調查研究工作做得十分充足。

506、**七年之病，求三年之艾**：病久了才去尋找治這種病的幹艾葉。比喻凡事要平時準備，事到臨頭再想辦法就來不及。

507、**棋高一著，縛手縛腳**：本指棋藝，後比喻技術高人一頭，對方就無法施展本領。

508、**起死人而肉白骨**：把死人救活，使白骨再長出肉來。比喻給人以再造之恩。也比喻言詞委婉動聽，將死的也說活了。

509、**棄之如敝屣**：敝：破；屣：鞋。像扔破鞋一樣把它扔掉。比喻毫不可惜地拋棄掉。

510、**千部一腔，千人一面**：比喻都是老一套，沒有變化（多指創作）。

511、**千里不同風，百里不同俗**：指各地各有各的風俗習慣。

512、**千里姻緣一線牽**：指婚姻是由月下老人暗中用一紅線牽連而成。

513、**千里之堤，潰於蟻穴**：堤：堤壩；潰：崩潰；蟻穴：螞蟻洞。一個小小的螞蟻洞，可以使千里長堤潰決。比喻小事不慎將釀成大禍。

514、**千里之行，始於足下**：走一千里路，是從邁第一步開始的。比喻事情的成功，是從小到大逐漸累積起來的。

515、**牽一髮而動全身**：比喻動極小的部分就會影響全局。

516、**前不巴村，後不著店**：指走遠道處在無處落腳的境地。也比喻處境尷尬或生活無依靠。

517、**前不見古人，後不見來者**：指空前絕後。亦用作諷刺。

518、**前門拒虎，後門進狼**：比喻趕走了一個敵人，又來了一個敵人。

519、**前怕狼，後怕虎**：比喻膽小怕事，顧慮太多。

520、**前人失腳，後人把滑**：比喻吸取人家失敗的教訓，小心謹慎，免得再失事。

521、**前人栽樹，後人乘涼**：比喻前人為後人造福。

522、**前事不忘，後事之師**：師：借鑒。記取從前的經驗教訓，作為以後工作的借鑒。

523、**前言不搭後語**：說得話前後連接不上。多形容思想混亂，不能自圓其說。

524、**牆倒眾人推**：舊時比喻在一個人受挫折的時候，大家乘機打擊他。

525、**敲邊鼓**：比喻從旁幫腔或助勢。

526、**敲門磚**：敲門的磚石，門敲開後就被拋棄。比喻騙取名利的初步的工具。

527、**敲竹槓**：比喻利用別人的弱點或以某事為藉口來訛詐。

528、**橋歸橋，路歸路**：比喻互不相干的事應該嚴格區分開來。

529、**巧婦難為無米之炊**：即使是聰明能幹的婦女，沒米也做不出飯來。比喻做事缺少必要條件，很難做成。

530、**竊鉤者誅，竊國者侯**：偷鉤的要處死，篡奪政權的人反倒成為諸侯。舊時用以諷刺法律的虛偽和不合理。

531、**擒賊先擒王**：指作戰要先抓主要敵手。也比喻做事首先要抓關鍵。

532、**青出於藍而勝於藍**：青從藍草中提煉出來，但顏色比藍草更深。

533、**蜻蜓撼石柱**：比喻不自量力。也比喻紋絲不動。

534、**情人眼裡出西施**：比喻由於有感情，覺得對方無一處不美。

535、**慶父不死，魯難未已**：不殺掉慶父，魯國的災難不會停止。比喻不清除製造內亂的罪魁禍首，就得不到安寧。

536、**煢煢孑立，形影相弔**：煢煢：孤獨的樣子；孑：孤單；形：指身體；弔：慰問。孤身一人，只有和自己的身影相互慰問。形容無依無靠，非常孤單。

537、**秋風掃落葉**：秋天的大風把落葉一掃而光。比喻強大的力量迅速而輕易地把腐朽衰敗的事物掃除光。

538、**求大同，存小異**：在大的、主要的方面取得一致，而對某些小的、次要的問題可以各自保留不同的意見。

539、**求馬於唐肆**：到空無所有的市集去買馬。比喻求非所求，必無所獲。

540、**求人不如求己**：仰求別人，不如自己努力。

541、**取之不盡，用之不竭**：竭：盡，完。拿不完，用不盡。形容非常豐富。

542、**全國一盤棋**：指全國各部門在中央統一領導下，全面安排，互相協作。

543、**拳不離手，曲不離口**：練武的人應該經常練，唱歌的人應該經常唱。比喻只有勤學苦練，才能使功夫純熟。

544、**拳頭上立得人，胳膊上走得馬**：比喻為人清白，作風正派，過得硬。

545、**群起而攻之**：大家都起來攻擊它，反對它。

546、**熱鍋上的螞蟻**：形容心裡煩躁、焦急，坐立不安的樣子。

547、**人不犯我，我不犯人**：犯：侵犯。人家不侵犯我，我也不侵犯人家。

548、**人不可貌相**：不能只根據相貌、外表判斷一個人。

549、**人不知，鬼不覺**：形容事情做得很秘密，沒有被人發覺。

550、**人而無信，不知其可**：信：信用；其：那；可：可以，行。一個人不講信用，真不知道怎麼能行。指人不講信用是不行的。

551、**人非聖賢，孰能無過**：舊時指一般人犯錯誤是難免的。

552、**人逢喜事精神爽**：人遇到喜慶之事則心情舒暢。

553、**人間重晚晴**：原指人們珍視晚晴天氣，後多用以比喻社會上尊重德高望重的老前輩。

554、**人怕出名豬怕壯**：人怕出了名招致麻煩，就像豬長肥了就要被宰殺一樣。

555、**人人得而誅之**：得：可以，能夠；誅：殺死。所有的人都可以殺死他。極言某人罪大惡極。

556、**人生何處不相逢**：指人與人分手後總是有機會再見面的。

557、**人生路不熟**：比喻初到一個地方各方面都很陌生。

558、**人生面不熟**：人的面貌陌生，素不相識。

559、**人生七十古來稀**：稀：稀少。七十歲高齡的人從古以來就不多見。指得享高』不易。

560、**人生如朝露**：朝露：早晨的露水，比喻存在的時間短。比喻人生短促。

561、**人同此心，心同此理**：指合情合理的事，大家想法都會相同。

562、**人為財死，鳥為食亡**：舊時俗語。意思是為了追求金錢，連生命都可以不要。

563、**人為刀俎，我為魚肉**：刀俎：刀和刀砧板，宰割的工具。比喻生殺的權掌握在別人手裡，自己處在被宰割的地位。

565、**人無遠慮，必有近憂**：慮：考慮；憂：憂愁。人沒有長遠的考慮，一定會出現眼前的憂患。表示看事做事應該有遠大的眼光，周密的考慮。

566、**人心不足蛇吞象**：比喻人貪心不足，就像蛇想吞食大象一樣。

567、**人心隔肚皮**：謂人的心思難以猜測。

568、**人心齊，泰山移**：只要大家一心，就能發揮出極大的力量。

569、**人之將死，其言也善**：人到臨死，他說的話是真心話，是善意的。

570、**仁者見仁，智者見智**：仁者見它說是仁，智者見它說是智。比喻對同一個問題，不同的人從不同的立場或角度有不同的看法。

571、**日計不足，歲計有餘**：每天算下來沒有多少，一年算下來就很多了。比喻積少成多。也比喻凡事只要持之以恆，就能有很大收穫。

572、**日近長安遠**：長安：西安，古都城名，後為國都的統稱。舊指向往帝都而不能達到。

573、**日久見人心**：日子長了，就可以看出一個人的為人怎樣。

574、**日月經天，江河行地**：太陽和月亮每天經過天空，江河永遠流經大地。比喻人或事物的永恆、偉大。

575、**死馬當作活馬醫**：比喻作最後的嘗試努力。

576、**肉中刺**：比喻最痛恨而急於除掉的東西。

577、**打如意算盤**：比喻從主觀願望想得太美好。

578、**如人飲水，冷暖自知**：泛指自己經歷的事，自己知道甘苦。

579、**如入無人之境**：境：地方。像到了沒有人的地方。比喻打仗節節勝利，沒有遇到抵抗。

580、**如聞其聲，如見其人**：像聽到他的聲音，像見到他本人一樣。形容對人物的刻畫和描寫非常生動逼真。

581、**乳犢不怕虎**：比喻年輕人沒有畏懼，敢做敢為。

582、**瑞雪兆豐年**：瑞：吉利的。適時的冬雪預示著來年是豐收之年。

583、**若要人不知，除非己莫為**：要想人家不知道，除非自己不去做。指幹了壞事終究要暴露。

584、**三百六十行**：舊時對各行各業的通稱。

585、**三寸不爛之舌**：比喻能說會辯的口才。

586、**三寸鳥，七寸**嘴：比喻能說會道（多用於諷刺）。

587、**三個臭皮匠，賽過諸葛亮**：比喻人多智慧多，有事請經過大家商量，就能商量出一個好辦法來。

588、**三過其門而不入**：原是夏禹治水的故事，後比喻熱心工作，因公忘私。

589、**三家村**：指偏僻的小鄉村。

590、**三句話不離本行**：行：行當，職業。指人的言語離不開他所從事的職業範圍。

591、**三拳不敵四手**：比喻人少的敵不過人多的。

592、**三人行，必有我師**：三個人一起走路，其中必定有人可以作為我的老師。指應該不恥下問，虛心向別人學習。

593、**三日打魚，兩日曬網**：比喻對學習、工作沒有恆心，經常中斷，不能長期堅持。

594、**三十六計（策），走為上計（策）**：原指無力抵抗敵人，以逃走為上策。指事情已經到了無可奈何的地步，沒有別的好辦法，只能出走。

595、**三十年河東，三十年河西**：三十年前風水在河的東面，而三十年後卻在河的西面。比喻世事變化，盛衰無常。

596、**三思而後行**：三：再三，表示多次。指經過反覆考慮，然後再去做。

597、**三天打魚，兩天曬網**：比喻對學習、工作沒有恆心，經常中斷，不能長期堅持。

598、**三下五除二**：珠算口訣。形容做事及動作乾脆俐落。

599、**三月不知肉味**：三個月之內吃肉不覺得有味道。比喻集中注意力於某一事物而忘記了其他事情。也借用來形容幾個月不吃肉。

600、**三折肱為良醫**：幾次斷臂，就能懂得醫治斷臂的方法。後比喻對某事閱歷多，富有經驗，自能造詣精深。

601、**殺風景**：損壞美好的景色。比喻在大家高興的時候，突然出現使人掃興的事物。

602、**殺雞焉用牛刀**：殺隻雞何必用宰牛的刀。比喻辦小事情用不著花大氣力。

603、**殺人不見血**：殺人不露一點痕跡。形容害人的手段非常陰險毒辣。

604、**殺人不眨眼**：殺人時眼睛都不眨一下。形容極其兇狠殘暴。

605、**山銳則不高**：比喻人太露鋒芒，就成不了大事。

606、**山上無老虎，猴子稱大王**：俗語，比喻沒有能人，普通人物亦充當主要角色。

607、**山陰道上，應接不暇**：山陰道：在會稽城西南郊外，那裡風景優美。原指一路上山明水秀，看不勝看。後用下句比喻來往的人多，應接不過來。

608、**山雨欲來風滿樓**：欲：將要。比喻局勢將有重大變化前夕的跡象和氣氛。

609、**上不著天，下不著地**：比喻兩頭沒有著落。

610、**上方不足，下比有餘**：比上不足，比下有餘。

611、**上樑不正下樑歪**：上樑：指上級或長輩。比喻在上的人行為不正，下面的人也跟著做壞事。

612、**上天無路，入地無門**：形容無路可走的窘迫處境。

613、**上無片瓦，下無立錐之地**：形容一無所有，貧困到了極點。

614、**少壯不努力，老大徒傷悲**：年輕力壯的時候不奮發圖強，到了老年，悲傷也沒用了。

615、**蛇化為龍，不變其文**：比喻無論形式上怎樣變化，實質還是一樣。

616、**捨得一身剮，敢把皇帝拉下馬**：比喻再難的事，拼著一死也敢幹下去。

617、**亂點鴛鴦譜**：喻指任用人才，盲目分配，不對口，即貽誤工作，又浪費人才。

618、**身在曹營心在漢**：比喻身子雖然在對立的一方，但心裡想著自己原來所在的一方。

619、**身在江湖，心懸魏闕**：魏闕：古代宮門外高大的建築，用作朝廷的代稱。舊指解除官職的人，仍惦記著進朝廷的事。後常用以諷刺迷戀功名寶貴的假隱士。

620、**神不知，鬼不覺**：形容事情做得很秘密，沒有被人發覺。

621、**神而明之，存乎其人**：要真正明白某一事物的奧妙，在於各人的領會。

622、**神龍見首不見尾**：原是談詩的神韻，後比喻人的行蹤詭秘，剛一露面又不見了。也比喻言辭閃爍，使人捉摸不透。

623、**生米煮成熟飯**：比喻事情已經做成了，不能再改變。

624、**勝敗乃兵家常事**：勝利或失敗是帶兵作戰的人常遇到的事情。意思是不要把偶然一次的勝利或失敗看得太重。

625、**勝不驕，敗不餒**：勝了不驕傲，敗了不灰心。

626、**勝讀十年書**：勝：超過。超過苦讀十年書的收穫。形容思想上收益極大。

627、**失敗為成功之母**：失敗往往是成功的先導。指從失敗中吸取教訓，最後取得勝利。

628、**失之毫釐，謬以千里**：毫、厘：兩種極小的長度單位。開始稍微有一點差錯，結果會造成很大的錯誤。

629、**獅子大開口**：比喻要價或所提條件很高。

630、**濕肉伴乾柴**：形容拷打。

631、**十八層地獄**：層：重。地獄：佛教、基督教等指死後靈魂受苦的地方。迷信認為人在生時為非作惡，死後進入十八層地獄，不得翻身。比喻悲慘的報應。

632、**十目所視，十手所指**：指個人的言論行動總是在群眾的監督之下，不允許做壞事，做了也不可能隱瞞。

633、**十年九不遇**：比喻很少有，多年也難遇到一次。

634、**十年生聚，十年教訓**：生聚：繁殖人口，聚積物力；教訓：教育，訓練。指軍民同心同德，積聚力量，發憤圖強，以洗刷恥辱。

635、**十年樹木，百年樹人**：樹：培植，培養。比喻培養人才是長久之計。也表示培養人才很不容易。

636、**十日一水，五日一石**：比喻作畫構思精密，不輕易下筆。

637、**十萬八千里**：形容相距極遠。

638、**識二五而不知十**：只知道一個方面，而不懂得全面地觀察問題。

639、**識時務者為俊傑**：意思是能認清時代潮流的，是聰明能幹的人。認清時代潮流勢，才能成為出色的人物。

640、**食不厭精，膾不厭細**：厭：滿足；膾：細切的肉。糧食舂得越精越好，肉切得越細越好。形容食物要精製細做。

641、**使功不如使過**：使：用。使用有功績的人，不如使用有過失的人，使其能將功補過。

642、**士別三日，當刮目相待**：指別人已有進步，不能再用老眼光去看他。

643、**世上無難事，只怕有心人**：指只要肯下決心去做，任何困難都能克服。

644、**事不關己，高高掛起**：認為事情與己無關，把它擱在一邊不管。

645、**事實勝於雄辯**：事情的真實情況比喻雄辯更有說服力。

646、**試金石**：一種黑色堅硬的石塊，用黃金在上面畫一條紋，就可以看出黃金的成色。比喻精確可靠的檢驗方法。

647、**是可忍，孰不可忍**：是：這個；孰：那個。如果這個都可以容忍，還有什麼不可容忍的呢？意思是絕不能容忍。

648、**手無縛雞之力**：連捆綁雞的力氣都沒有。形容身體弱、力氣小。

649、**守如處女，出如脫兔**：處女：未嫁的女子；脫兔：逃跑的兔子。指軍隊未行動時像未出嫁的姑娘那樣持重；一行動就像飛跑的兔子那樣敏捷。

650、**書同文，車同軌**：車軌相同，文字相同。比喻國家統一。

651、**蜀中無大將，廖化作先鋒**：比喻辦事缺乏好手，讓能力一般的人出來負責。

652、**樹倒猢猻（猻）散**：樹倒了，樹上的猴子就散去。比喻靠山一旦垮臺，隨從的人也就一哄而散。

653、**樹欲靜而風不止**：樹想要靜下來，風卻不停地刮著。原比喻事情不能如人的心願。

現也比喻階級鬥爭不以人們的意志為轉移。

654、**數東瓜，道茄子**：形容說話羅唆，沒完沒了。

655、**耍花腔**：用虛假而動聽的話騙人。

656、**雙斧伐孤樹**：指嗜酒好色，摧殘身體。

657、**水火不相容**：容：容納。比喻二者對立，絕不相容。

658、**水可載舟，亦可覆舟**：比喻在平時要想到可能發生的困難和危險。

659、**水來伸手，飯來張口**：形容懶惰成性，坐享別人勞動成果的人。

660、**水至清則無魚**：水太清，魚就存不住身，對人要求太苛刻，就沒有人能當他的夥伴。比喻過分計較人的小缺點，就不能團結人。

661、**順我者昌，逆我者亡**：順：順從；昌：昌盛；逆：違背；亡：滅亡。順從我的就可以存在和發展，違抗我的就叫你滅亡。形容剝削階級的獨裁統治。

662、**說時遲，那時快**：小說中的常用套語。意指事情發生的速度不是記』速度所能跟得上的。

663、**說一是一，說二是二**：說怎樣就怎樣，不能更改。

664、**司馬昭之心，路人皆知**：路人：路上的人，指所有的人。比喻人所共知的野心。

665、**死馬當活馬醫**：比喻明知事情已經無可求藥，仍然抱萬一希望，積極挽救。也泛指做最後的嘗試。

666、**死無葬身之地**：死了沒有地方埋葬。形容慘死或嚴厲的懲罰。

667、**死諸葛能走生仲達**：諸葛：諸葛亮；走：嚇走；仲達：司馬懿。指人雖死，餘威猶在。

668、**四海之內皆兄弟**：世界各國的人民都像兄弟一樣。

669、**四體不勤，五穀不分**：四體：指人的兩手兩足；五穀：通常指稻、黍、稷、麥、菽。指不參加勞動，不能辨別五穀。形容脫離生產勞動，缺乏生產知識。

670、**送佛送到西天**：比喻做好事做到底。

671、**雖死之日，猶生之年**：猶：如同。指人雖死，精神不滅，楷模猶存。也指心無牽掛、憾事，雖死猶同活著。

672、**歲寒知松柏**：寒冬臘月，方知松柏常青。比喻只有經過嚴峻的考驗，才能看出一個人的品質。

673、**損人不利己**：損害別人對自己也沒有好處。

674、**損有餘補不足**：減少多餘的，補充欠缺的。

675、**他鄉遇故知**：在遠裡家鄉的地方碰到了老朋友。指使人高興的事。

676、**塔尖上功德**：比喻快要完成的工作。

677、**踏破鐵鞋無覓處，得來全不費工夫**：比喻急需的東西費了很大的力氣找不到，卻在無意中得到了。

678、**太歲頭上動土**：比喻觸犯強暴有力的人。

679、**泰山不讓土壤**：泰山不排除細小的土石，所以能那麼高。比喻人度量大，能包容不同的事物。

680、**貪多嚼不爛**：貪圖多吃，消化不了。比喻工作或學習，圖多而做不好或吸收不了。

681、**湯裡來，水裡去**：指銀錢隨手來隨手去，留不住。

682、**堂上一呼，階下百諾**：諾：答應。堂上一聲呼喚，階下齊聲答應。多形容舊時豪門權貴威勢烜赫，侍從和奉承的人很多。

683、**螳螂捕蟬，黃雀在後**：螳螂正要捉蟬，不知黃雀在牠後面正要吃牠。比喻目光短淺，只想到算計別人，沒想到別人在算計他。

684、**桃李不言，下自成蹊**：原意是桃樹不招引人，但因它有花和果實，人們在它下麵走來走去，走成了一條小路。比喻人只要真誠、忠實，就能感動別人。

685、**桃李不言，下自成行**：古諺語。比喻實至名歸。

686、**替罪羊**：古代猶太教祭禮是替人承擔罪過的羊。比喻代人受過。

687、**天低吳楚，眼空無物**：吳楚：泛指長江中下游。原指登上南京城，一眼望去，越遠越覺得天下垂，除見蒼天之外，空無所有。現也比喻一無所見。

688、**天高皇帝遠**：原指偏僻的地方，中央的權力達不到。現泛指機構離開領導機關遠，遇事自作主張，不受約束。

689、**天網恢恢，疏而不漏**：意思是天道公平，作惡就要受懲罰，它看起來似乎很不周密，但最終不會放過一個壞人。比喻作惡的人逃脫不了國法的懲處。

690、**天下本無事，庸人自擾之**：指本來沒有事，自己瞎著急或自找麻煩。

691、**天下烏鴉一般黑**：比喻不管哪個地方的剝削者壓迫者都是一樣的壞。

692、**天下無難事，只怕有心人**：指只要有志向，有毅力，沒有什麼辦不到的事情。

693、**天下興亡，匹夫有責**：國家的興盛或衰亡，每個普通人都有一份責任。

694、**天有不測風雲，人有旦夕禍福**：不測：料想不到。比喻有些災禍的發生，事先是無法預料的。

695、**天字第一號**：天：天字是《千字文》首句「天地玄黃」的第一個字。指第一或第一

類中的第一號。比喻最高的、最大的或最強的。

696、**挑得籃裡便是菜**：比喻得到一點就行，毫不挑剔。

697、**跳到黃河洗不清**：比喻無法擺脫嫌疑。

698、**鐵杵磨成針**：杵：舂米或搥衣用的棒。將鐵棒磨成細針。比喻只要有恆心，肯努力，做任何事情都能成功。

699、**聽其言而觀其行**：聽了他的話，還要看他的行動。指不要只聽言論，還要看實際行動。

700、**銅山西崩，洛鐘東應**：比喻重大事件彼此相互影響。

701、**偷雞不著蝕把米**：俗語。雞沒有偷到，反而損失了一把米。比喻本想佔便宜反而吃了虧。

702、**頭痛醫頭，腳痛醫腳**：比喻被動應付，對問題不作根本徹底的解決。

703、**圖窮匕首見**：圖：地圖；窮：盡；見：現。比喻事情發展到最後，真相或本意顯露了出來。

704、**團團轉**：回環旋轉，形容不知道怎麼辦好。

705、**養兵千日，用兵一時**：平時供養、訓練軍隊，以便到關鍵時刻用兵打仗。指平時積畜力量，在必要時一下用出來。

706、**萬變不離其宗**：宗：宗旨、目的。儘管形式上變化多端，其本質或目的不變。

707、**萬夫不當之勇**：當：抵擋。一萬個人也抵擋不住。形容非常勇敢。

708、**萬事俱備，只欠東風**：一切都準備好了，只差東風沒有刮起來，不能放火。比喻什麼都已準備好了，只差最後一個重要條件了。

709、**王顧左右而言他**：指離開話題，回避難以答復的問題。

710、**為虺弗摧，為蛇若何**：虺：小蛇；弗：不；摧：消滅。小蛇不打死，大了就難辦。比喻不乘勝將敵人殲滅，必有後患。

711、**溫良恭儉讓**：原意為溫和、善良、恭敬、節儉、忍讓這五種美德。這原是儒家提倡待人接物的準則。現也形容態度溫和而缺乏鬥爭性。

712、**文武之道，一張一弛**：文、武：指周文王和周武王。意思是寬嚴相結合，是文王武王治理國家的方法。現用來比喻生活的鬆緊和工作的勞逸要合理安排。

713、**聞名不如見面**：只聽名聲不如見面更能瞭解。

714、**穩坐釣魚船**：比喻不管發生什麼變化，仍然沉著鎮靜。

715、**臥榻之旁，豈容他人鼾睡**：自己的床鋪邊，怎麼能讓別人呼呼睡大覺?比喻自己的勢力範圍或利益不容許別人侵佔。

716、**烏頭白，馬生角**：比喻不可能出現的事。

717、**無敵於天下**：天下都沒有對手。形容力量強大無比。

718、**無毒不丈夫**：要成就大事業必須手段毒辣，技高一籌。

719、**無風不起浪**：比喻事情發生，總有個原因。

720、**無風三尺浪**：比喻無緣無故也會生出事來。

721、**無佛處稱尊**：在沒有能手的地方逞強。

722、**無官一身輕**：不做官了，感到一身輕鬆。封建官僚官以後常用這句話來自我安慰。現也泛指卸去責任後一時感到輕鬆。

723、**無何有之鄉**：無何有：即無有。原指什麼都沒有的地方，後指虛幻的境界。

724、**無可奈何花落去**：對春花的凋落感到沒有辦法。形容留戀春景而又無法挽留的心情。後來泛指懷念已經消逝了的事物的惆悵心情。

725、**無可無不可**：表示怎樣辦都行，沒有一定的主見。

726、**無巧不成書**：比喻事情十分湊巧。

727、**無事不登三寶殿**：比喻沒事不上門。

728、**無所不用其極**：極：窮盡。原意是無處不用盡心力。現指做壞事時任何極端的手段都使出來。

729、**無所措手足**：手腳沒有地方放。形容沒有辦法，不知如何是好。

730、**無鹽不解淡**：比喻不下本錢就辦不成事。

731、**無源之水，無本之木**：源：水源；本：樹根。沒有源頭的水，沒有根的樹。比喻沒有基礎的事物。

732、**五里霧**：比喻模糊恍惚、不明真相的境界。

733、**五十步笑百步**：作戰時後退了五十步的人譏笑後退了百步的人。比喻自己跟別人有同樣的缺點錯誤，只是程度上輕一些，卻毫無自知之明地去譏笑別人。

734、**五月糶新穀**：五月裡稻穀尚未熟，就預賣新穀。比喻十分貧窮。

735、**勿謂言之不預也**：以後不要說沒有跟你事先說過。指把話說在前面。

736、**物以稀為貴**：事物因稀少而覺得珍貴。

737、**嬉笑怒罵，皆成文章**：指不拘題材形式，任意發揮，皆成妙文。

738、**習慣成自然**：習慣了就成為很自然的事了。

739、**下筆千言，離題萬里**：寫了一大篇文章，但沒有接觸到主題。

740、**下喬木入幽谷**：從高樹上下來，鑽進幽深的坑穀裡。比喻棄明從暗，或從良好的處境轉入惡劣的處境。

741、**夏蟲不可以語冰**：不能和生長在夏天的蟲談論冰。比喻時間局限人的見識。也比喻人的見識短淺。

742、**先下手為強**：在對手沒有準備好的時候首先動手，取得主動地位。

743、**相視而笑，莫逆於心**：莫逆：彼此情投意合，非常相好。形容彼此間友誼深厚，無所違逆於心。

744、**項莊舞劍，意在沛公**：項莊席間舞劍，企圖刺殺劉邦。比喻說話和行動的真實意圖別有所指。

745、**像煞有介事**：指裝模作樣，活像真有那麼一回事似的。

746、**小不忍則亂大謀**：小事不忍耐就會壞了大事。

747、**小鹿觸心頭**：形容因為害怕而心臟急劇地跳動。

748、**小巫見大巫**：巫：舊時裝神弄鬼替人祈禱為職業的人。原意是小巫見到大巫，法術無可施展。後比喻相形之下，一個遠遠比不上另一個。

749、**挾天子以令諸侯**：挾制著皇帝，用皇帝的名義發號施令。現比喻用領導的名義按自己的意思去指揮別人。

750、**心病還須心藥醫**：心裡的憂慮或戀念成了精神負擔，必須消除造成這種精神負擔的因素。

751、**心有靈犀一點通**：比喻戀愛著的男女雙方心心相印。現多比喻比方對彼此的心思都能心領神會。

752、**心有餘而力不足**：心裡非常想做，但是力量不夠。

753、**惺惺惜惺惺**：惺惺：指聰慧的人；惜：愛惜。比喻同類的人互相愛惜。

754、**兄弟鬩於牆，外禦其侮**：鬩：爭吵；牆：門屏。兄弟們雖然在家裡爭吵，但能一致抵禦外人的欺侮。比喻內部雖有分歧，但能團結起來對付外來的侵略。

755、**秀才不出門，全知天下事**：舊時認為有知識的人即使待在家裡，也能知道外面發生的事情。

756、**學而時習之**：學過的內容要經常復習它。

757、**學而優則仕**：優：有餘力，學習了還有餘力，就去做官。後指學習成績優秀然後提拔當官。

758、**學然後知不足，教然後之困**：學習之後，才知道自己的缺點；教學以後，才知道自

己的知識貧乏。

759、**學如不及，猶恐失之**：學習好像追趕什麼，總怕趕不上，趕上了又怕被甩掉。形容學習勤奮，進取心強。又形容做其他事情的迫切心情。

760、**學書不成，學劍不成**：學習書法沒學好，學習劍術也沒學到手。指學習一無所成。

761、**薰蕕不同器**：薰：香草，比喻善類；蕕：臭草，比喻惡物。香草和臭草不可以放在一個器物裡。比喻好和壞不能共處。

762、**迅雷不及掩耳**：雷聲來得非常快，連捂耳朵都來不及。比喻來勢兇猛，使人來不及防備。

763、**啞子吃黃連**：歇後語。比喻有苦說不出。

764、**煙不出火不進**：形容人慢性子，不愛說話。

765、**嚴以律己，寬以待人**：對自己要求嚴格，待別人則很寬厚。

766、**言必信，行必果**：信：守信用；果：果斷，堅決。說了就一定守信用，做事一定辦到。

767、**言寡尤，行寡悔**：指說話做事很少犯錯誤。

768、**言者無罪，聞者足戒**：指提意見的人只要是善意的，即使提得不正確，也是無罪的。聽取意見的人即使沒有對方所提的缺點錯誤，也值得引以為戒。

769、**言者諄諄，聽者藐藐**：諄諄：教誨不倦的樣子；藐藐：疏遠的樣子。說的人很誠懇，聽的人卻不放在心上。形容徒費口舌。

770、**言之無文，行而不遠**：文章沒有文采，就不能流傳很遠。

771、**眼不見，心不煩**：比喻只要沒有看見或不在眼前，也就不會為這操心或煩惱。

772、**眼不見為淨**：指心裡不以為然，但又沒有辦法，只好撇開不管。也在懷疑儀器不乾淨時，用作自我安慰的話。

773、**眼觀四面，耳聽八方**：形容人機智靈活，遇事能多方觀察分析。

774、**豔如桃李，冷若冰霜**：形容女子容貌豔麗而態度嚴肅。

775、**燕雀安知鴻鵠之志**：比喻平凡的人哪裡知道英雄人物的志向。

776、**羊毛出在羊身上**：比喻表面上給了人家好處，但實際上這好處已附加在人家付出的代價裡。

777、**一棒一條痕**：比喻做事紮實。

778、**一報還一報**：指做一件壞事後必受一次報復。也指以其人之道還治其人之身。

779、**一鼻孔出氣**：同一個鼻孔出氣。比喻立場、觀點、主張完全一致。

780、**一波未平，一波又起**：個浪頭尚未平復，另一個浪頭又掀起了。比喻事情進行波折很多，一個問題還沒有解決，另一個問題又發生了。

781、**一不壓眾，百不隨一**：少數敵不過多數。

782、**一不做，二不休**：原意是要麼不做，做了就索興做到底。指事情既然做了開頭，就索興做到底。

783、**一朝權在手，便把令來行**：一旦掌了權，就發號施令，指手畫腳。

784、**一朝天子一朝臣**：指一個人上臺，下面的工作人員就另外換一批。

785、**一尺水十丈波**：比喻說話誇張，不真實。

786、**一傳十，十傳百**：原指疾病傳染，後形容消息傳播極快。

787、**一床錦被遮蓋**：比喻請求別人通融、庇護。

788、**一錘子買賣**：只做一次生意。多指價錢貴，貨色次，服務態度不好，顧客不願再來打交道。

789、**一寸光陰一寸金**：比喻時間十分寶貴。

790、**一刀切**：比喻用劃一的辦法處理情況或性質不同的事物。

791、**一動不如一靜**：沒有把握或無益的事，還是不做為好。比喻多一事不如少一事。

792、**一而再，再而三**：再：第二次。一次又一次。

793、**一風吹**：比喻完全勾銷（多指決定、結論等）。

794、**一佛出世，二佛升天**：死去活來之意。出世，生；生天，死。

795、**一夫當關，萬夫莫開**：意思是山勢又高又險，一個人把著關口，一萬個人也打不進來。形容地勢十分險要。

796、**一個巴掌拍不響**：比喻事情不會是單方面引起的。

797、**一個蘿蔔一個坑**：比喻一個人有一個位置，沒有多餘。也形容做事踏實。

798、**一棍子打死**：比喻認為沒有絲毫可取之處而全盤否定。

799、**一客不煩二主**：一個人全部承擔，或由一個人始終成全其事。

800、**一口吸盡西江水**：原是一氣呵成、貫通萬法的意思。後比喻過於性急，想一下子就達到目的。

801、**一塊石頭落地**：比喻放了心，再沒有顧慮。

802、**一年被蛇咬，十年怕井繩**：比喻在某件事情上吃過苦頭，以後一碰到類似的事情就害怕。

803、**一年之計在於春**：要在一年（或一天）開始時多做並做好工作，為全年（或全天）

的工作打好基礎。

804、**一錢不落虛空地**：比喻絲毫不浪費。

805、**一犬吠形，百犬吠聲**：吠：狗叫；形：影子。一隻狗看到影子叫起來，很多狗也跟著亂叫。比喻不瞭解事情真相，隨聲附和。

806、**一人傳虛，萬人傳實**：虛：不確實，指無中生有的事。本來沒有的事，傳的人多了，就信以為真。

807、**一人得道，雞犬升天**：一個人得道面仙，全家連雞、狗也都隨之升天。比喻一個人做了官，和他有關係的人也都跟著得勢。

808、**一人善射，百夫決拾**：古諺語，意思是為將者善戰，其士卒亦必勇敢無前。比喻凡事為首者宣導於前，則其眾必起而效之。

809、**一人之下，萬人之上**：多指地位崇高權勢顯赫的大臣。

810、**一日不見，如隔三秋**：一天不見，就好像過了三年。形容思念的心情非常迫切。

811、**一身都是膽**：極言膽大勇敢。

812、**一失足成千古恨**：比喻一旦犯下嚴重錯誤或墮落，就成為終身的憾事。

813、**一十八般武藝**：泛指各種武術技藝。

814、**一是一，二是二**：形容說話老老實實，毫不含糊。

815、**一手獨拍，雖疾無聲**：疾：急速，猛烈。比喻一個人或單方面的力量難以辦事。

816、**一退六二五**：原是珠算斤兩法口訣。比喻推卸乾淨。

817、**一問三不知**：不管怎樣問，總說不知道。

818、**一窩蜂**：一個蜂巢裡的蜂一下子都飛出來了。形容許多人亂哄哄地同時說話或行動。

819、**一物降一物**：指有一種事物，就會有另一種事物來制服它。

820、**一蟹不如一蟹**：比喻一個不如一個，越來越差。

821、**一言既出，駟馬難追**：一句話說出了口，就是套上四匹馬拉的車也難追上。指話說出口，就不能再收回，一定要算數。

822、**一言堂**：舊時商店表示不二價的匾。現比喻領導缺乏民主作風，獨斷專行，一個人說了算。

823、**一葉障目，不見泰山**：蔽：遮。一片樹葉擋住了眼睛，連面前高大的泰山都看不見。比喻為局部現像所迷惑，看不到全局或整體。

824、**一則以喜，一則以懼**：一方面高興，一方面又害怕。

825、**一著不慎，滿盤皆輸**：原指下棋時關鍵的一步棋走得不當，整盤棋就輸了。比喻某一個對全局具有決定意義的問題處理不當，結果導致整個失敗。

826、**一字長蛇陣**：排列成一長條的陣勢。形容排列成一長條的人或物。

827、**衣來伸手，飯來張口**：形容懶惰成性，坐享別人勞動成果的人。

828、**依樣畫葫蘆**：照別人畫的葫蘆的樣子畫葫蘆。比喻單純模仿，沒有創新。

829、**疑人勿用，用人勿疑**：懷疑的人就不要使用他，使用的人就不要懷疑他。指用人應充分信任。

830、**疑心生暗鬼**：指因為多疑而產生各種幻覺和錯誤判斷。

831、**銀樣蠟槍頭**：樣子像銀子實際是焊錫做的槍頭。比喻外表很好看，實際上不中用。

832、**應聲蟲**：比喻自己胸無主張，隨聲附和他人。

833、**英雄所見略同**：所見：所見到的，指見解；略：大略，大致。英雄人物的見解基本相同。這是對意見相同的雙方表示讚美的話。

834、**英雄無用武之地**：比喻有才能卻沒地方或機會施展。

835、**嚶其鳴矣，求其友聲**：嚶：鳥鳴聲。鳥兒在嚶嚶地鳴叫，尋求同伴的應聲。比喻尋求志同道合的朋友。

836、**蠅附驥尾而致千里**：蒼蠅因附在千里馬的尾巴上而跑了千里的路程。普通人因沾了賢人的光而名聲大振。

837、**有鼻子有眼**：比喻把虛構的事物說得像真實的一樣。

838、**有過之而無不及**：過：超過；及：趕上。相比之下，只有超過而不會不如。

839、**有其父必有其子**：有什麼樣的父親一定會有什麼樣的兒子。

840、**有錢能使鬼推磨**：俗語。舊時形容金錢萬能。

841、**有眼不識泰山**：雖有眼睛，卻不認識泰山。比喻見聞太窄，認不出地位高或本領大的人。

842、**有一搭沒一搭**：表示故意找話說。也表示可有可無，無足輕重。

843、**有一利必有一弊**：在這一方面有好處，在另一方面就會有壞處。

844、**有則改之，無則加勉**：則：就；加：加以。對別人給自己指出的缺點錯誤，如果有，就改正，如果沒有，就用來勉勵自己。

845、**有志不在年高**：指年輕人只要有志向，成就不可限量，不在年紀大。也指只要有志向，歲數大了，也可以幹出一番事業。

846、**有志者事竟成**：只要有決心，有毅力，事情終究會成功。

847、**右傳之八章**：打了一頓巴掌。

848、**右手畫圓，左手畫方**：比喻用心不專，什麼事也辦不成。也形容心思聰明，動作敏捷。

849、**愚者千慮，必有一得**：平凡的人在許多次考慮中，也會有一次是正確的。

850、**與人方便，自己方便**：給他人便利，他人也會給自己便利。

851、**玉不琢，不成器**：琢：雕。玉石不經雕琢，成不了器物。比喻人不受教育、不學習就不能有成就。

852、**欲得而甘心**：想要弄到手才稱心滿意（多用於對人的報復或打擊）。

853、**欲加之罪，何患無辭**：欲：要；患：憂愁，擔心；辭：言辭，指藉口。要想加罪於人，不愁找不到罪名。指隨心所欲地誣陷人。

854、**欲人勿知，莫若勿為**：想要別人不知道，不如自己不去做（多指壞事）。

855、**欲速則不達**：速：快；達：達到。指過於性急圖快，反而不能達到目的。

856、**鷸蚌相爭，漁翁得利**：鷸：長嘴水鳥；蚌：有貝殼的軟體動物。比喻雙方爭執不下，兩敗俱傷，讓第三者佔了便宜。

857、**冤有頭，債有主**：冤有冤頭，債有債主。比喻要瞭解事情，必須找為主的人。

858、**遠來和尚好看經**：比喻外地來的人比本地人更受重視。

859、**遠親不如近鄰**：指遇有急難，遠道的親戚就不如近旁的鄰居那樣能及時幫助。

860、**遠水解不了近渴**：比喻慢的辦法救不了急。

861、**遠水救不得近火**：比喻緩慢的救助不能解決眼前的急難。

862、**遠在天邊，近在眼前**：形容尋找的人或物就在面前。

863、**月暈而風，礎潤而雨**：月暈出現，將要颳風；礎石濕潤，就要下雨。比喻從某些徵兆可以推知將會發生的事情。

864、**運用之妙，存乎一心**：意思是擺好陣勢以後出戰，這是打仗的常規，但運用的巧妙靈活，全在於善於思考。指高超的指揮作戰的藝術。

865、**宰相肚裡好撐船**：譬人肚量大。

866、**再實之根必傷**：一年之內再度結果的樹，根必受傷。比喻過度幸運，反而招致災禍。

867、**在人矮簷下，怎敢不低頭**：比喻受制於人，只得順從。

868、**早知今日，悔不當初**：既然現在後悔，當初為什麼要那樣做？。

869、**氈襪裹腳靴**：氈襪、裹腳、靴子，都是穿在腳上的東西。比喻彼此都一樣。

870、**戰無不勝，攻無不克**：形容軍隊力量強大，百戰百勝。或比喻做任何事情都能成功。

871、**張公吃酒李公醉**：比喻由於誤會而代人受過。

872、**照葫蘆畫瓢**：比喻照著樣子模仿。

873、**這山望著那山高**：比喻對自己目前的工作或環境不滿意，老認為別的工作、別的環境更好。

874、**針尖對麥芒**：比喻雙方都很利害，互不相讓。

875、**真金不怕火煉**：比喻品質好、意志堅強的人經得起任何考驗。

876、**知其不可而為之**：明知做不到卻偏要去做。表示意志堅決。有時也表示倔強固執。

877、**知其一不知其二**：只瞭解事物的一方面，而不瞭解其他方面。形容對事物的瞭解不全面。

878、**知人知面不知心**：舊時俗語。指認識一個人容易，但要瞭解一個人的內心卻很困難。

879、**知無不言，言無不盡**：知道的就說，要說就毫無保留。

880、**知子莫若父**：沒有比父親更瞭解兒子的了。

881、**執牛耳**：古代諸侯訂立盟約，要割牛耳歃血，由主盟國的代表拿著盛牛耳朵的盤子。故稱主盟國為執牛耳。後泛指在某一方面居最有權威的地位。

882、**只此一家，別無分店**：原是一些店鋪招攬生意的用語，向顧客表明他沒分店，只能在他這一家店裡買到某種商品。泛指某種事物只有他那兒有，別處都沒有。

883、**只見樹木，不見森林**：比喻只看到局部，看不到整體或全部。

884、**只可意會，不可言傳**：只能用心去揣摩體會，沒法用話具體地表達出來。指道理奧妙，難以說明。有時也指情況微妙，不便說明。

885、**只聽樓梯響，不見人下來**：比喻只是口頭說說，沒有實際行動。

886、**只許州官放火，不許百姓點燈**：指反動統治者自己可以胡作非為，老百姓卻連正當活動也要受到限制。

887、**只要功夫深，鐵杵磨成針**：諺語。比喻只要有決心，肯下功夫，多麼難的事也能做成功。

888、**只重衣衫不重人**：指人勢利，看人只重衣著。

889、**擲地作金石聲**：比喻文章詞藻優美，聲調鏗鏘。

890、**智者見智，仁者見仁**：指對待同一問題，其見解因人而異，各有道理。

891、**智者千慮，必有一失**：不管多聰明的人，在很多次的考慮中，也一定會出現個別錯誤。

892、**置之死地而後快**：恨不得把人弄死才痛快。形容心腸狠毒。

893、**置之死地而後生**：原指作戰把軍隊佈置在無法退卻、只有戰死的境地，兵士就會奮勇前進，殺敵取勝。後比喻事先斷絕退路，就能下決心，取得成功。

894、**中河失舟，一壺千金**：比喻東西雖然輕微，用得到的時候便十分珍貴。

895、**種瓜得瓜，種豆得豆**：種什麼，收什麼。比喻做了什麼事，得到什麼樣的結果。

896、**眾人拾柴火焰高**：比喻人多力量大。

897、**朱門酒肉臭，路有凍死骨**：富貴人家酒肉多得吃不完而腐臭，窮人門卻在街頭因凍餓而死。形容貧富懸殊的社會現像。

898、**逐客令**：秦始皇曾下令驅逐從各國來的客卿。後指主人趕走不受歡迎的客人為下逐客令。

899、**著三不著兩**：指說話或做事輕重不當，考慮欠周，注意這裡，顧不到那裡。

900、**自以為得計**：得計：計謀得逞。自以為計謀很對很好了（含貶義）。

901、**走過場**：形容辦事只在形式上過一下，卻不實幹。

902、**祖述堯舜，憲章文武**：遵循堯舜之道，效法周文王、周武王之制。

903、**嘴尖舌頭快**：比喻話多而輕率。

904、**醉翁之意不在酒**：原是作者自說在亭子裡真意不在喝酒，而在於欣賞山裡的風景。後用來表示本意不在此而在別的方面。

905、**坐山觀虎鬥**：比喻對雙方的鬥爭採取旁觀的態度，等到雙方都受到損傷，再從中撈取好處。

906、**八竿子打不著**：形容二者之間關係、疏遠或毫無關係。

907、**白馬王子**：比喻少女傾慕的理想的男子。

908、**半斤八兩（一作「一個半斤，一個八兩」）**：舊制一斤合十六兩，半斤等於八兩。比喻彼此一樣，不相上下（多含貶義）。

909、**包打天下**：包攬打天下的重任。比喻由個人或少數人包辦代替，不放手讓其他人幹。

910、**飽漢不知餓漢饑**：比喻處境好的人，不能理解處於困境的人。

911、**寶刀不老**：比喻年紀雖老但功夫或技術並沒減退。

912、**拆穿西洋鏡**：比喻事件的真相被揭穿。「西洋鏡」也作「西洋景」。

913、**逼上梁山**：比喻被迫進行反抗或不得不做某種事。

914、**便宜行事**：經過特許，不必請示，根據實際情況或臨時變化就斟酌處理。也說便宜從事。

915、**炒冷飯（也說「抄現飯」）**：比喻重複已經說過的話或做過的事，沒有新內容。

916、**炒魷魚**：魷魚一炒就捲起來，像是捲舖蓋，比喻解雇。

917、**陳穀子爛芝麻（也說「陳芝麻料穀子」）**：比喻陳舊的無關緊要的話或事物。

918、**吃閉門羹**：被主人拒之門外，或主人不在，門鎖著，對於上門的人叫吃閉門羹。

919、**吃大鍋飯**：比喻不論工作好壞，貢獻大小，待遇、報酬都一樣。

920、**吃後悔藥**：指事後懊悔。

921、**吃啞巴虧**：吃了虧無處申訴或不敢聲張。

922、**穿連襠褲**：比喻互相勾結、包庇。

923、**吹法螺**：比喻說大話。也說「大吹法螺」。

924、**吹鬍子瞪眼睛**：形容發脾氣或發怒的樣子。

925、**打抱不平**：幫助受欺壓的人說話或採取行動。

926、**打開天窗說亮話**：比喻毫無隱瞞地公開說出來。也說「打開窗子說亮話」。

927、**大魚吃小魚**：比喻勢力大的欺壓、併吞勢力小的。

928、**當面鑼對面鼓**：比喻當面地商談或爭論。

929、**跌眼鏡**：指事情的發展出乎意料，令人感到吃驚。

930、**二一添作五**：借指雙方平分。

931、**乾打雷，不下雨**：比喻只有聲勢，沒有實際行動。

932、**乾瞪眼**：形容在一旁著急而又無能為力。

933、**趕鴨子上架**：比喻迫使做能力所不及的。也說「打鴨子上架」。

934、**高不成低不就**：高而合意的，做不了或做不到；做得到的，又認為低而不全意，不肯做或不肯要（多用於選擇工作）。

935、**胳膊擰不過大腿**：比喻弱小的敵不過強大的。也說「胳膊扭不過大腿」。

936、**胳膊肘朝外拐**：比喻不向著自家人而向著外人。也說「胳膊肘向外拐」。

937、**隔三差五**：每隔不久。「差」也作「岔」。

938、**狗皮膏藥**：比喻騙人的貨色。

939、**狗嘴吐不出象牙**：比喻壞人嘴裡說不出好話來。

940、**過屠門而大嚼**：比喻心中羨慕而不能如願以償，用不切實際的辦法來安慰自己。

941、**喝墨水**：指上學讀書。

942、**喝西北風**：指沒有東西吃，挨餓。

943、**換湯不換藥**：比喻只改變形式，不改變內容。

944、**雞蛋裡挑骨頭**：比喻故意找毛病。

945、**擠牙膏**：比喻說話不爽快，經別人一步一步追問，才一點一點地說。

946、**夾板氣**：指來自對立的雙方的責難。

947、**夾生飯**：本意為半生不熟的飯，比喻開始沒做好再做也很難做好的事情，或開頭沒解決以後也很難解決的問題。

948、**腳踩兩隻船**：比喻因為對事物認識不清或存心投機取巧而跟兩方面都保持聯繫。也說「腳踏兩隻船」。

949、**揭瘡疤**：比喻揭露人的短處。

950、**近水樓臺先得月**：比喻因接近某人或某事物而處於首先獲得好處的優越地位。

951、**捲鋪蓋**：比喻被解雇或辭職，離開工作地點。

952、**空頭支票**：比喻不實踐的諾言。

953、**空中說白話**：形容光說不做，或只是嘴說而沒有事實證明。

954、**拉大旗，作虎皮**：比喻打著某種旗號經張聲勢，來嚇唬人、矇騙人。

955、**浪子回頭金不換**：指做壞事的人改過自新後極為可貴。

956、**烈火見真金**：只有在烈火中燒煉才能辨別出金子的真假，比喻關鍵時刻才能考驗出人的品質。

957、**驢唇不對馬嘴**：比喻答非所問或事物兩下不相合。也說「牛頭不對馬嘴」。

958、**驢年馬月**：指不可知的年月（就事情遙遙無期，不能實現說）。也說「猴年馬月」。

959、**亂彈琴**：比喻胡鬧或胡扯。

960、**落湯雞**：形容渾身濕透，像掉在熱水裡的雞一樣。

961、**馬後炮**：比喻不及時的行動。

962、**螞蟻搬泰山**：比喻群眾力量大，齊心協力，就可以完成巨大的任務。

963、**螞蟻啃骨頭**：指得用小型設備或力量一點一點地苦幹來完成一項巨大的任務。

964、**滿堂彩**：全場喝彩。

965、**貓罵老鼠**：比喻假慈悲。

966、**冒天下之大不韙**：不顧天下人的反對，公然做罪大惡極的事。

967、**眉毛鬍子一把抓**：比喻做事不分主次輕重緩急，一齊下手。

968、**明修棧道，暗度陳倉**：比喻用假象迷惑對方以達到某種目的。

969、**抹一鼻子灰**：想討好而結果落得沒趣。

970、**莫須有**：表示憑空揑造。

971、**拿手好戲**：(1)指演員特別擅長的戲。(2)比喻某人特別擅長的本領。也說「拿手戲」。

972、**賠了夫人又折兵**：比喻想佔便宜，沒占到便宜，反而受了損失。

973、**平地一聲雷**：比喻名聲地位突然升高。也比喻突然發生一件可喜的大事。

974、**千里之堤，潰於蟻穴**：比喻小事不注意，就會出大問題。

975、**千里之行，始於足下**：比喻事情的成功都是由小到大逐漸累積起來的。

976、**牽一髮而動全身**：比喻動一個極小的部分就會影響全局。

977、**前怕狼後怕虎**：形容顧慮重重，畏縮不前。也說「前怕龍後怕虎」。

978、**前事不忘，後事之師**：指記住過去的經驗教訓，可以作為以後的借鑒。

979、**槍打出頭鳥**：比喻首先打擊或懲辦帶頭的人。

980、**巧婦難為無米之炊**：再能幹的婦女也做不出飯，比喻缺少必要的條件，再能幹的人也很難做成事。

981、**秋風掃落葉**：比喻強大的力量掃蕩衰敗的勢力。

982、**撒手鐧**：比喻最關鍵的時刻使出最拿手的本領。

983、**三百六十行**：泛指各種行業。

984、**三寸不爛之舌**：指能言善辨的口才，也說「三寸之舌」。

985、**三下五除二**：形容做事及動作及其敏捷利索。

986、**殺人不見血**：比喻害人的手段非常陰險毒辣，人受了害還一時不能覺察。

987、**殺人不眨眼**：形容極其兇狠殘忍，殺人成性。

988、**上樑不正下樑歪**：比喻上面的人行為不正，下面的人也就跟著學壞。

989、**神不知，鬼不覺**：形容做事極為隱秘，別人一點也不知道。

990、**生米煮成熟飯**：比喻事情已經做成，不能再改變（多含無可奈何之意）。

991、**十八般武藝**：比喻各種技藝。

992、**十年樹木，百年樹人**：比喻培養人才是長久之計。也形容培養人才很不容易。

993、**樹倒猢猻散**：比喻為首的人垮下來，隨從的人無所依附也就隨之而散。

994、**順杆兒（子）爬**：比喻迎合別人的心意、語言、要求等說話或行事。

995、**太歲頭上動土**：比喻觸犯有權勢或強有力的人物。

996、**螳螂捕蟬，黃雀在後**：比喻只看見前面有利可圖，不知道禍害就在後面。

997、**桃李不言，下自成蹊**：比喻為人誠摯，自會有強烈的感召力，而深行人心。

998、**頭痛醫頭，腳痛醫腳**：比喻對問題不從根本上解決，只從表面現像或枝節上應付。

999、**萬變不離其宗**：形式上變化很多，本質上還是沒有變化。

1000、**萬事俱備，只欠東風**：比喻樣樣都準備好了，只差最後一個重要條件。

1002、**無事不登三寶殿**：比喻沒事不上門。

1002、**五十步笑百步**：比喻自己跟別人有同樣的缺點或錯誤，只是程度上輕一些，卻譏笑別人。

1003、**蝦兵蟹將**：比喻不中用的兵將。

1004、**先來後到**：按照來到的先後而決定的順序。

1005、**小九九**：比喻心中的算計。例，事情怎麼搞，他心中已有個小九九。

1006、**小巫見大巫**：比喻小的跟大的一比顯行小不如大。

1007、**小鞋**：比喻暗中給人的刁難，也比喻施加的約束、限制。

1008、**言者無罪，聞者足戒**：儘管意見不完全正確，提出意見的人並沒有罪，聽取意見的人即使沒有對方所說的錯誤，也可以拿聽到的話來警惕自己。

1009、**眼中釘**：比喻心目中最痛恨、最討厭的人。

1010、**陽關道**：比喻有光明前途的道路。

1011、**一板一眼**：比喻言行有條理，合規矩，不馬虎。

1012、**一個鼻孔出氣**：比喻持有同樣的態度和主張（含貶義）。

1013、**一步一個腳印**：比喻做事踏實。

1014、**一錘子買賣**：不考慮以後怎樣，只做一次交易（多用於比喻）。

1015、**一刀切**：比喻不顧實際情況，用同一方式處理問題。

1016、**一而再，再而三**：反覆多次，再三。

1017、**一竿子到底**：比喻直接貫徹到底。也說「一竿子插到底」。

1018、**一股腦兒**：通通，全部。

1019、**一盤棋**：比喻整體或全局。

1020、**一碗水端平**：比喻辦事公道，不偏袒任何一方。

1021、**一五一十**：比喻敘述時清楚，無遺漏。

1022、**一言以蔽之**：用一句話來概括。

1023、**有鼻子有眼**：形容把虛構的事物說得很逼真，活靈活現。

1024、**有奶便是娘**：比喻貪利忘義，誰給好處就投靠誰。

1025、**有眼不識泰山**：比喻認不出地位高或本領大的人。

1026、**針尖對麥芒**：指爭執時針鋒相對。

1027、**竹筒倒豆子**：比喻把事實全部說出來，沒有隱瞞。

1028、**坐冷板凳**：比喻因不受重視而擔任清閒職務。也比喻長期候差或久等接見。

1029、**一人傳虛，萬人傳實**：一個人傳出沒有根據的事，眾多的人跟著傳播，就被當作實有的事了。指本無其實，因大家都說，就會使人信以為真。

1030、**丁是丁，卯是卯**：比喻做事非常認真，一絲不苟。

1031、**萬丈高樓從地起**：比喻做任何事情都要從基礎開始，再逐步發展。

1032、**下天無路，入地無門**：形容無路可走，陷入絕境。

1033、**上不著天，下不著地**：形容不上不下，沒有著落。

1034、**山雨欲來風滿樓**：比喻重大事件發生之前到處充滿了緊張的氣氛和跡象。

1035、**小不忍則亂大謀**：指不能容忍細小枝節，就會打亂全局策略。比喻做事必須顧全大局，不可因小失大。

1036、**無風不起浪**：比喻任何事情的發生都是有一定的原因的。

1037、**不問（不管、不分）青紅皂白**：比喻不辨是非曲直。

1038、**不識廬山真面目**：比喻不認識事物的真相。

1039、**不看僧面看佛面**：不看和尚的情面，也要看神的情面，求人應允或寬恕時的用語。

1040、**姜太公釣魚，願者上鉤**：比喻明知是圈套卻甘心上當，或指兩相情願的事。

1041、**以小人之心度君子之腹**：指幫卑劣的想法去猜測品德高尚的人。

1042、**風牛馬不相及**：比喻事物彼此之間毫無關係。

1043、**化干戈為玉帛**：指變戰爭為和平相處。

1044、**他山之石，可以攻玉**：比喻借助別人（多指朋友）的批評和幫助，使自己改正缺點和錯誤。

1045、**多行不義必自斃**：總是幹壞事，必定自取滅亡。

1046、**言之無文，行而不遠**：缺乏文采的文章，就不能流傳得久遠。

1047、**初生牛犢不怕虎**：比喻剛進入社會的青年思想上沒有顧慮，敢想敢做。

1048、**君子一言，快馬一鞭**：形容乾脆說出意見，並且決不反悔。「快馬一鞭，快人一言」與之同義。

1049、**身在曹營心在漢**：形容人雖然身在此處，卻是心向彼處。

1050、**河水不犯井水（井水不犯河水）**：比喻彼此界限分明，互不干擾，也指彼此毫無關係。

1051、**英雄所見略同**：傑出人物的見解大致是相同的。讚美雙方意見相同，現有時含有調侃意味。

1052、**英雄無用武之地**：比喻有才能卻沒有施展的機會或沒有施展的地方。

1053、**種瓜得瓜，種豆得豆**：種什麼就收穫什麼。比喻做什麼事，就會有什麼結果。

1054、**麻雀雖小，五臟俱全**：比喻雖然有些事物規模較小，但卻樣樣都有有。

1055、**強龍不壓地頭蛇**：比喻外來的豪強也鬥不過當地的惡勢力。

1056、**醉翁之意不在酒**：本意不在此，而在別的方面。

1057、**聰明反被聰明誤**：自恃聰明，反而辦了蠢事，吃虧上了當。

1058、**踏破鐵鞋無覓處，得來全不費功夫**：比喻費很大的力氣找不到的東西，卻在偶然間又輕易地找到了。

1059、**七大姑八大姨**：泛指各種關係的親戚。

1060、**二百五**：指作事莽撞帶有傻氣的人。或者指對某種知識技能未入門徑半通不通的人。

1061、**天王老子（天皇老子）**：比喻地位權勢極高的人。

1062、**此地無銀三百兩**：比喻相要隱瞞、掩蓋真相，手段拙劣，結果反而徹底暴露。

1063、**開中藥鋪**：比喻講話，寫文章愛羅列現象或問題，沒有作切實分析的內容。

輯四 名句篇

CHAPTER 4

1、關關雎鳩，在河之洲。窈窕淑女，君子好逑。——詩經．周南．關雎

2、昔我往矣，楊柳依依；今我來思，雨雪霏霏。——詩經．小雅．采薇

3、知我者，謂我心憂，不知我者，謂我何求。——詩經．王風．黍離

4、如切如磋，如琢如磨。——詩經．衛風．淇奧

5、一日不見，如三秋兮。——詩經．王風．采葛

6、青青子衿，悠悠我心。——詩經．鄭風．子衿

7、所謂伊人，在水一方。——詩經．秦風．蒹葭

8、巧笑倩兮，美目盼兮。——詩經．衛風．碩人

9、手如柔荑，膚如凝脂。——詩經．衛風．碩人

10、人而無儀，不死何為。——詩經．鄘風．相鼠

11、言者無罪，聞者足戒。——詩經．大序

12、高山仰止，景行行止。——詩經・小雅・車舝

13、他人有心，予忖度之。——詩經・小雅

14、高岸為穀，深谷為陵。——詩經・小雅

15、他山之石，可以攻玉。——詩經・小雅・鶴鳴

16、靡不有初，鮮克有終。——詩經・大雅・蕩

17、投我以桃，報之以李。——詩經・大雅・抑

18、天作孽，猶可違，自作孽，不可活。——尚書

19、滿招損，謙受益。——尚書・大禹謨

20、防民之口，甚於防川。——國語・周語

21、從善如登，從惡如崩。——國語

22、多行不義必自斃。——左傳

23、輔車相依，唇亡齒寒。——左傳

24、皮之不存，毛將焉附。——左傳

25、欲加之罪，何患辭。——左傳

26、言之無文，行而不遠。——左傳

27、不去慶父，魯難未已。——左傳

28、外舉不棄仇，內舉不失親。——左傳

29、居安思危，思則有備，有備無患。——左傳

30、人非聖賢，孰能無過？過而能改，善莫大焉。——左傳

31、曲則全，枉則直。——老子

32、知人者智，自知者明。——老子

33、知足不辱，知止不殆。——老子

34、信言不美，美言不信。——老子

35、將欲取之，必先之。——老子

36、天網恢恢，疏而不漏。——老子

37、民不畏死，奈何以死懼之。——老子

38、禍兮福之所倚，福兮禍之所伏。——老子

39、大直若屈，大巧若拙，大辯若訥。——老子

40、合抱之木，生於毫末；九層之台，起於累土；千里之行，始於足下。——老子

41、言必信，行必果。——論語・子路

42、既來之，則安之。——論語・季氏

43、朝聞道，夕死可矣。——論語・裡仁

44、是可忍，孰不可忍。——論語・八佾

45、不憤不啟，不悱不發。——論語・述而

46、敏而好學，不恥下問。——論語・公冶長

47、己所不欲，勿施於人。——論語・顏淵

48、仰之彌高，鑽之彌堅。——論語・子罕

49、學而不厭，誨人不倦。——論語・述而

50、人無遠慮，必有近憂。——論語・衛靈公

51、學而時習之，不亦樂乎。——論語・學而

52、工欲善其事，必先利其器。——論語・衛靈公

53、往者不可諫，來著猶可追。——論語・微子

54、君子坦蕩蕩，小人長戚戚。——論語・述而

55、歲寒，然後知松柏之後凋也。——論語・子罕

56、學而不思則罔，思而不學則殆。——論語・為政

57、知者不惑，仁者不憂，勇者不懼。——論語·子罕
58、三軍可奪帥也，匹夫不可奪志也。——論語·子罕
59、人誰無過？過而能改，善莫大焉。——論語
60、知之為知之，不知為不知，是知也。——論語·為政
61、知之者不如好之者，好之者不如樂之者。——論語·雍也
62、其身正，不令而行；其身不正，雖令不從。——論語·子路
63、三人行，必有我師焉：擇其善而從之，其不善者而改之。——論語·述而
64、一張一弛，文武之道。——禮記·雜記
65、大道之行，天下為公。——禮記·禮運
66、凡事預則立，不預則廢。——禮記·中庸
67、學然後知不足，教然後知困。——禮記·學記
68、獨學而無友，則孤陋而寡聞。——禮記·雜記
69、玉不琢，不成器；人不學，不知道。——禮記·學記
70、使老有所終，壯有所用，幼有所長，鰥寡孤獨廢疾者皆有所養。——禮記·禮運
71、同聲相應，同氣相求。——易經·乾

72、仁者見仁，智者見智。——易經・繫辭上

73、物以類聚，人以群分。——易經・繫辭上

74、路漫漫其修遠兮，吾將上下而求索。——屈原・離騷

75、長太息以掩涕兮，哀民生之多艱。——屈原・離騷

76、亦餘心之所善兮，雖九死其猶未悔。——屈原・離騷

77、舉世皆濁我獨清，眾人皆醉我獨醒。——屈原・漁父

78、吾不能變心以從俗兮，故將愁苦而終窮。——屈原・涉江

79、余將董道而不豫兮，固將重昏而終身。——屈原・涉江

80、苟餘心之端直兮，雖僻遠其何傷？——屈原・涉江

81、尺有所短，寸有所長。——楚辭・卜居

82、黃鐘毀棄，瓦釜雷鳴。——楚辭・卜居

83、其曲彌高，其和彌寡。——宋玉・對楚王問

84、盡信書，不如無書。——孟子・盡心下

85、生於憂患，死於安樂。——孟子・告子下

86、得道多助，失道寡助。——孟子・公孫醜

87、民為貴，社稷次之，君為輕。——孟子．盡心上
88、人有不為也，而後可以有為。——孟子．離婁下
89、窮則獨善其身，達則兼濟天下。——孟子．盡心上
90、天時不如地利，地利不如人和。——孟子．公孫醜
91、孔子登東山而小魯，登泰山而小天下。——孟子．盡心上
92、富貴不能淫，貧賤不能移，威武不能屈。——孟子．滕文公
93、老吾老，以及人之老；幼吾幼，以及人之幼。——孟子．梁惠王下
94、持之有故，言之成理。——荀子．非十二子
95、鍥而不捨，金石可鏤。——荀子．勸學
96、青，取之於藍，而青於藍。——荀子．勸學
97、不積跬步，無以至千里。——荀子．勸學
98、吾生也有涯，而知也無涯。——莊子．養生主
99、君子之交淡如水，小人之交甘若醴。——莊子
100、知己知彼，百戰不殆。——孫子兵法．謀攻
101、避其銳氣，擊其惰歸。——孫子兵法．軍爭

102、靜如處女，動如脫兔。——孫子兵法・九地

103、博學之，審問之，慎思之，明辨之，篤行之。——中庸

104、十年樹木，百年樹人。——管子・權修

105、倉廩實而知禮節，衣食足而知榮辱。——管子・論積貯疏

106、塞翁失馬，焉知非福。——淮南子・人間訓

107、臨淵羨魚，不如退而結網。——淮南子・說林訓

108、橘生淮南則為橘，生於淮北則為枳。——晏子春秋・內篇下

109、流水不腐，戶樞不蠹。——呂氏春秋・盡數

110、千里之堤，毀於蟻穴。——韓非子・喻老

111、以子之矛，攻子之盾。——韓非子・難一

112、亡羊補牢，未為遲也。——戰國策・楚策

113、道不拾遺，夜不閉戶。——戰國策・秦策

114、前事不忘，後世之師。——戰國策・趙策

115、鷸蚌相爭，漁翁得利。——戰國策・燕策

116、戰無不勝，攻無不克。——戰國策・齊策

117、士為知己者死，女為悅己者容。——戰國策・趙策

118、風蕭蕭兮易水寒，壯士一去兮不復還。——戰國策・荊軻刺秦王

119、螳螂捕蟬，黃雀在後。——吳越春秋

120、項莊舞劍，意在沛公。——史記・項羽本紀

121、不鳴則已，一鳴驚人。——史記・滑稽列傳

122、眾口鑠金，積毀銷骨。——史記・張儀列傳

123、桃李不言，下自成蹊。——史記・李將軍傳

124、失之毫釐，謬以千里。——史記・太史公自序

125、燕雀安知鴻鵠之志哉。——史記・陳涉世家

126、運籌帷幄之中，決勝千里之外。——史記・高祖本紀

127、忠言逆耳利於行，良藥苦口利於病。——史記・留侯世家

128、人固有一死，或重於泰山，或輕於鴻毛。——史記・報任少卿書

129、智者千慮，必有一失；愚者千慮，必有一得。——史記・淮陰侯列傳

130、繩鋸木斷，水滴石穿。——漢書・枚乘傳

131、若要人不知，除非己莫為。——漢・枚乘・上書諫吳王

132、水至清則無魚，人至察則無徒。——漢書．東方朔傳

133、少壯不努力，老大徒傷悲。——漢樂府．長歌行

134、人生有新故，貴賤不相逾。——漢．辛延年．羽林郎

135、有志者，事竟成。——後漢書．耿弇傳

136、疾風知勁草，歲寒見後凋。——後漢書．王霸傳

137、失之東隅，收之桑榆。——後漢書．馮異傳

138、精誠所至，金石為開。——後漢書．廣陵思王荊傳

139、盛名之下，其實難副。——後漢書．黃瓊傳

140、不入虎穴，焉得虎子。——後漢書．班超傳

141、貧賤之知不可忘，糟糠之妻不下堂。——後漢書．宋弘傳

142、志士不飲盜泉之水，廉者不受嗟來之食。——後漢書

143、老驥伏櫪，志在千里；烈士暮年，壯心不已。——三國．曹操．龜雖壽

144、山不厭高，海不厭深；周公吐哺，天下歸心。——三國．曹操．短歌行

145、捐軀赴國難，視死忽如歸。——三國．曹植．白馬篇

146、本是同根生，相煎何太急。——三國．曹植．七步詩

147、鞠躬盡瘁，死而後已。——三國．諸葛亮．後出師表

148、受任於敗軍之際，奉命於危難之間。——三國．諸葛亮．出師表

149、非學無以廣才，非志無以成學。——三國．諸葛亮．誡子書

150、非淡泊無以明志，非寧靜無以致遠。——三國．諸葛亮．誡子書

151、勿以惡小而為之，勿以善小而不為。——三國．劉備

152、讀書百遍，其義自見。——西晉．陳壽．三國志

153、國以民為本，民以食為天。——西晉．陳壽．三國志

154、司馬昭之心，路人皆知。——西晉．陳壽．三國志

155、煢煢孑立，形影相弔。——西晉．李密．陳情表

156、奇文共欣賞，疑義相與析。——東晉．陶淵明．移居

157、採菊東籬下，悠然見南山。——東晉．陶淵明．飲酒

158、山氣日夕佳，飛鳥相與還。——東晉．陶淵明．飲酒

159、羈鳥戀舊林，池魚思故淵。——東晉．陶淵明．歸園田居其一

160、久在樊籠裡，複得返自然。——東晉．陶淵明．歸園田居其一

161、晨興理荒穢，帶月荷鋤歸。——東晉．陶淵明．歸園田居其三

162、刑天舞幹戚，猛志固常在。——東晉・陶淵明・讀山海經

163、盛年不重來，一日難再晨。——東晉・陶淵明・雜詩

164、不戚戚於貧賤，不汲汲於富貴。——東晉・陶淵明・五柳先生傳

165、木欣欣以向榮，泉涓涓而始流。——東晉・陶淵明・歸去來兮辭

166、近朱者赤，近墨者黑。——東晉・傅玄・太子少傅箴

167、管中窺豹，時見一斑。——晉書・王獻之傳

168、籠天地於形內，挫萬物於筆端。——晉・陸機・文賦

169、余霞散成綺，澄江靜如練。——南朝・謝朓・晚登三山還望京邑

170、池塘生春草，園柳變鳴禽。——南朝・謝靈運・登池上樓

171、登山則情滿於山，觀海則意溢於海。——南朝・劉勰・文心雕龍

172、操千曲而後曉聲，觀千劍而後識器。——南朝・劉勰・文心雕龍

173、句有可削，足見其疏；字不得減，乃知其密。——南朝・劉勰・文心雕龍

174、黯然銷魂者，惟別而已矣。——南朝・江淹・別賦

175、一年之計在於春，一日之計在於晨。——南朝・蕭鐸

176、蟬噪林逾靜，鳥鳴山更幽。——南朝・王籍・入若耶溪

177、天蒼蒼，野茫茫，風吹草低見牛羊。——北朝民歌・敕勒歌

178、萬里赴戎機，關山度若飛。——北朝民歌・木蘭詩

179、寧為玉碎，不為瓦全。——北齊書・元景安傳

180、城門失火，殃及池魚。——北齊・杜弼・檄梁文

181、人歸落雁後，思發在花前。——隋・薛道衡・人日思歸

182、相顧無相識，長歌懷采薇。——唐・王績・野望

183、西塞山前白鷺飛，桃花流水鱖魚肥。——唐・張志和・漁父

184、當局者迷，旁觀者清。——新唐書・元行沖傳

185、疾風知勁草，板蕩識誠臣。——唐太宗・贈蕭禹

186、雲霞出海曙，梅柳渡江春。——唐・杜審言・和晉陵陸丞早春遊望

187、海內存知己，天涯若比鄰。——唐・王勃・送杜少府之任蜀川

188、落霞與孤鶩齊飛，秋水共長天一色。——唐・王勃・滕王閣序

189、少小離家老大回，鄉音未改鬢毛衰。——唐・賀知章・回鄉偶書

190、不知細葉誰裁出，二月春風似剪刀。——唐・賀知章・詠柳

191、念天地之悠悠，獨愴然而涕下。——唐・陳子昂・登幽州台歌

192、近鄉情更怯，不敢問來人。——唐．宋之問．渡漢江

193、春江潮水連海平，海上明月共潮生。——唐．張若虛．春江花月夜

194、海上生明月，天涯共此時。——唐．張九齡．望月懷遠

195、思君如滿月，夜夜減清輝。——唐．張九齡．賦得自君之出矣

196、欲窮千里目，更上一層樓。——唐．王之渙．登鸛雀樓

197、羌笛何須怨楊柳，春風不度玉門關。——唐．王之渙．涼州詞

198、綠樹村邊合，青山郭外斜。——唐．孟浩然．過故人莊

199、春眠不覺曉，處處聞啼鳥。——唐．孟浩然．春曉

200、野曠天低樹，江清月近人。——唐．孟浩然．宿建德江

201、黃沙百戰穿金甲，不破樓蘭終不還。——唐．王昌齡．從軍行

202、秦時明月漢時關，萬裡長征人未還。——唐．王昌齡．出塞

203、洛陽親友如相問，一片冰心在玉壺。——唐．王昌齡．芙蓉樓送辛漸

204、江流天地外，山色有無中。——唐．王維．漢江臨泛

205、明月松間照，清泉石上流。——唐．王維．山居秋暝

206、竹喧歸浣女，蓮動下漁舟。——唐．王維．山居秋暝

207、行到水窮處，坐看雲起時。——唐．王維．終南別業

208、草枯鷹眼疾，雪盡馬蹄輕。——唐．王維．觀獵

209、大漠孤煙直，長河落日圓。——唐．王維．使至塞上

210、月出驚山鳥，時鳴春澗中。——唐．王維．鳥鳴澗

211、勸君更進一杯酒，西出陽關無故人。——唐．王維．送元二使安西

212、獨在異鄉為異客，每逢佳節倍思親。——唐．王維．九月九日憶山東兄弟

213、蜀道之難，難於上青天。——唐．李白．蜀道難

214、舉頭望明月，低頭思故鄉。——唐．李白．靜夜思

215、清水出芙蓉，天然去雕飾。——唐．李白．論詩

216、此地一為別，孤蓬萬裡征。——唐．李白．送友人

217、浮雲遊子意，落日故人情。——唐．李白．送友人

218、相看兩不厭，只有敬亭山。——唐．李白．獨坐敬亭山

219、春風知別苦，不遣柳條青。——唐．李白．勞勞亭

220、山隨平野盡，江入大荒流。——唐．李白．渡荊門送別

221、秋風吹不盡，總是玉關情。——唐．李白．子夜吳歌

222、舉杯邀明月，對影成三人。——唐·李白·月下獨酌

223、兩岸猿聲啼不住，輕舟已過萬重山。——唐·李白·早發白帝城

224、桃花潭水深千尺，不及汪倫送我情。——唐·李白·贈汪倫

225、飛流直下三千尺，疑是銀河落九天。——唐·李白·望廬山瀑布

226、大鵬一日同風起，扶搖直上九萬里。——唐·李白·上李邕

227、燕山雪花大如席，片片吹落軒轅台。——唐·李白·北風行

228、俱懷逸興壯思飛，欲上青天攬明月。——唐·李白·宣州謝朓餞別校書叔雲

229、仰天大笑出門去，我輩豈是蓬蒿人。——唐·李白·南陵別兒童入京

230、抽刀斷水水更流，舉杯消愁愁更愁。——唐·李白·宣州謝朓餞別校書叔雲

231、天生我材必有用，千金散盡還複來。——唐·李白·將進酒

232、兩岸青山相對出，孤帆一片日邊來。——唐·李白·望天門山

233、孤帆遠影碧空盡，唯見長江天際流。——唐·李白·送孟浩然之廣陵

234、長風破浪會有時，直掛雲帆濟滄海。——唐·李白·行路難

235、興酣落筆搖五嶽，詩成笑傲淩滄海。——唐·李白·江上吟

236、停杯投箸不能食，拔劍四顧心茫然。——唐·李白·行路難

237、欲渡黃河冰塞川，將登太行雪滿山。——唐・李白・行路難
238、黃河捧土尚可塞，北風雨雪恨難裁。——唐・李白・北風行
239、我寄愁心與明月，隨風直到夜郎西。——唐・李白・聞王昌齡左遷龍標，遙有此寄
240、請君試問東流水，別意與之誰短長。——唐・李白・金陵酒肆留別
241、三山半落青山外，一水中分白鷺洲。——唐・李白・登金陵鳳凰台
242、此夜曲中聞折柳，何人不起故園情。——唐・李白・春夜洛城聞笛
243、雲想衣裳花想容，春風拂檻露華濃。——唐・李白・清平調
244、君不見黃河之水天上來，奔流到海不復回。——唐・李白・將進酒
245、安能摧眉折腰事權貴，使我不得開心顏。——唐・李白・夢遊天姥吟留別
246、潮平兩岸闊，風正一帆懸。——唐・王灣・次北固山下
247、晴川歷歷漢陽樹，芳草萋萋鸚鵡洲。——唐・崔顥・黃鶴樓
248、縱使晴明無雨色，入雲深處亦沾衣。——唐・張旭・山中留客
249、莫愁前路無知己，天下誰人不識君。——唐・高適・別董大
250、戰士軍前半死生，美人帳下猶歌舞。——唐・高適・燕歌行
251、拜迎長官心欲碎，鞭撻黎庶令人悲。——唐・高適・封丘縣

252、今夜偏知春意暖，蟲聲新透綠窗紗。——唐．劉方平．夜月

253、柴門聞狗吠，風雪夜歸人。——唐．劉長卿．逢雪宿芙蓉山主人

254、朱門酒肉臭，路有凍死骨。——唐．杜甫．自京赴奉先縣詠懷五百字

255、射人先射馬，擒賊先擒王。——唐．杜甫．前出塞

256、細雨魚兒出，微風燕子斜。——唐．杜甫．水檻遣心

257、讀書破萬卷，下筆如有神。——唐．杜甫．奉贈韋左丞二十二韻

258、香霧雲鬟濕，清輝玉臂寒。——唐．杜甫．月夜

259、好雨知時節，當春乃發生。——唐．杜甫．春夜喜雨

260、隨風潛入夜，潤物細無聲。——唐．杜甫．春夜喜雨

261、感時花濺淚，恨別鳥驚心。——唐．杜甫．春望

262、烽火連三月，家書抵萬金。——唐．杜甫．春望

263、吳楚東南坼，乾坤日夜浮。——唐．杜甫．登嶽陽樓

264、會當淩絕頂，一覽眾山小。——唐．杜甫．望嶽

265、白也詩無敵，飄然思不群。——唐．杜甫．春日憶李白

266、露從今夜白，月是故鄉明。——唐．杜甫．月夜憶捨弟

267、筆落驚風雨，詩成泣鬼神。——唐・杜甫・寄本十二白二十

268、文章千古事，得失寸心知。——唐・杜甫・偶題

269、敏捷詩千首，飄零酒一杯。——唐・杜甫・不見

270、星隨平野闊，月湧大江流。——唐・杜甫・旅夜書懷

271、新松恨不高千尺，惡竹應須斬萬竿。——唐・杜甫

272、萬里悲秋常作客，百年多病獨登臺。——唐・杜甫・登高

273、無邊落木蕭蕭下，不盡長江滾滾來。——唐・杜甫・登高

274、為人性僻耽佳句，語不驚人死不休。——唐・杜甫・江上值水如海勢聊短述

275、爾曹身與名俱滅，不廢江河萬古流。——唐・杜甫・戲為六絕句

276、窗含西嶺千秋雪，門泊東吳萬里船。——唐・杜甫・絕句

277、此曲只應天上有，人間那得幾回聞。——唐・杜甫・贈花卿

278、出師未捷身先死，長使英雄淚沾襟。——唐・杜甫・蜀相

279、思家步月清宵立，憶弟看雲白日眠。——唐・杜甫・恨別

280、正是江南好風景，落花時節又逢君。——唐・杜甫・江南逢李龜年

281、流連戲蝶時時舞，自在嬌鶯恰恰啼。——唐・杜甫・江畔獨步尋花

282、別裁偽體親風雅，轉益多師是汝師。——唐・杜甫・戲為六絕句

283、江間波浪兼天湧，塞上風雲接地陰。——唐・杜甫・秋興

284、穿花蛺蝶深深見，點水蜻蜓款款飛。——唐・杜甫・曲江

285、酒債尋常行處有，人生七十古來稀。——唐・杜甫・曲江

286、白日放歌須縱酒，青春作伴好還鄉。——唐・杜甫・聞官軍收河南河北

287、花徑不曾緣客掃，蓬門今始為君開。——唐・杜甫・客至

288、馬上相逢無紙筆，憑君傳語報平安。——唐・岑參・逢入京使

289、忽如一夜春風來，千樹萬樹梨花開。——唐・岑參・白雪歌送武判官歸京

290、今夜偏知春氣暖，蟲聲新透綠窗紗。——唐・劉方平・月夜

291、姑蘇城外寒山寺，夜半鐘聲到客船。——唐・張繼・楓橋夜泊

292、春城無處不飛花，寒食東風禦柳斜。——唐・韓翃・寒食

293、春潮帶雨晚來急，野渡無人舟自橫。——唐・韋應物・滁州西澗

294、春風得意馬蹄疾，一日看盡長安花。——唐・孟郊・登科後

295、若待上林花似錦，出門俱是看花人。——唐・楊巨源・城東早春

296、人面不知何處去，桃花依舊笑春風。——唐・崔護・題都城南莊

297、今夜月明人盡望，不知愁思落誰家。——唐・王建・十五夜望月

298、問姓驚初見，稱名憶舊容。——唐・李益・喜見外弟又言別

299、誰言寸草心，報得三春暉。——唐・孟郊・遊子吟

300、曲徑通幽處，禪房花木深。——唐・常建・題破山寺後禪院

301、山光悅鳥性，潭影空人心。——唐・常建・題破山寺後禪院

302、不塞不流，不止不行。——唐・韓愈・原道

303、大凡物不得其平則鳴。——唐・韓愈・送孟東野序

304、蚍蜉撼大樹，可笑不自量。——唐・韓愈・調張籍

305、師者，所以傳道受業解惑也。——唐・韓愈・師說

306、天街小雨潤如酥，草色遙看近卻無。——唐・韓愈・初春小雨

307、雲橫秦嶺家何在，雪擁藍關馬不前。——唐・韓愈・左遷至藍關示孫湘

308、業精於勤荒於嬉，行成於思而毀於隨。——唐・韓愈・進學解

309、世有伯樂，然後有千里馬。千里馬常有，而伯樂不常有。——唐・韓愈・馬說

310、晴空一鶴排雲上，便引詩情到碧霄。——唐・劉禹錫・秋詞

311、舊時王謝堂前燕，飛入尋常百姓家。——唐・劉禹錫・烏衣巷

312、沉舟側畔千帆進，病樹前頭萬木春。——唐・劉禹錫・酬樂天揚州初逢

313、東邊日出西邊雨，道是無晴卻有晴。——唐・劉禹錫・竹枝

314、千淘萬漉雖辛苦，吹盡狂沙始到金。——唐・劉禹錫・浪淘沙

315、遙望洞庭山水色，白銀盤裡一青螺。——唐・劉禹錫・望洞庭

316、山不在高，有仙則名；水不在深，有龍則靈。——唐・劉禹錫・陋室銘

317、談笑有鴻儒，往來無白丁。——唐・劉禹錫・陋室銘

318、野火燒不盡，春風吹又生。——唐・白居易・賦得古原草送行

319、文章合為時而著，歌詩合為事而作。——唐・白居易・與元九書

320、幾處早鶯爭暖樹，誰家新燕啄春泥。——唐・白居易・錢塘湖春行

321、亂花漸欲迷人眼，淺草才能沒馬蹄。——唐・白居易・錢塘湖春行

322、日出江花紅勝火，春來江水綠如藍。——唐・白居易・憶江南

323、千呼萬喚始出來，猶抱琵琶半遮面。——唐・白居易・琵琶行

324、大弦嘈嘈如急雨，小弦切切如私語。——唐・白居易・琵琶行

325、嘈嘈切切錯雜彈，大珠小珠落玉盤。——唐・白居易・琵琶行

326、別有幽愁暗恨生，此時無聲勝有聲。——唐・白居易・琵琶行

327、同是天涯淪落人，相逢何必曾相識。——唐・白居易・琵琶行

328、回眸一笑百媚生，六宮粉黛無顏色。——唐・白居易・長恨歌

329、在天願作比翼鳥，在地願為連理枝。——唐・白居易・長恨歌

330、天長地久有時盡，此恨綿綿無絕期。——唐・白居易・長恨歌

331、試玉要燒三日滿，辨材須待七年期。——唐・白居易・放言

332、桑柘影斜春社散，家家扶得醉人歸。——唐・王駕・社日

333、曾經滄海難為水，除卻巫山不是雲。——唐・元稹・離思

334、溪雲初起日沉閣，山雨欲來風滿樓。——唐・許渾・鹹陽城西樓晚眺

335、水晶簾動微風起，滿架薔薇一院香。——唐・高駢・山亭夏日

336、年年歲歲花相似，歲歲年年人不同。——唐・劉希夷

337、醉臥沙場君莫笑，古來征戰幾人回！——唐・王翰・涼州詞

338、黑髮不知勤學早，白首方悔讀書遲。——唐・顏真卿

339、採得百花成蜜後，為誰辛苦為誰甜。——唐・羅隱・蜂

340、日斜深巷無人跡，時見梨花片片開。——唐・戴叔倫・過柳溪道院

341、鳥宿池邊樹，僧敲月下門。——唐・賈島・題李凝幽居

342、十年磨一劍，霜刃未曾試。——唐・賈島・劍客

343、兩句三年得，一吟雙淚流。——唐・賈島・題詩後

344、誰知盤中餐，粒粒皆辛苦。——唐・李紳・憫農

345、大漠沙如雪，燕山月似鉤。——唐・李賀・馬詩

346、男兒何不帶吳鉤，收取關山五十州。——唐・李賀・南國

347、不見年年遼海上，文章何處哭秋風。——唐・李賀・南國

348、昆山玉碎鳳凰叫，芙蓉泣露香蘭笑。——唐・李賀・李憑箜篌引

349、女媧煉石補天處，石破天驚逗秋雨。——唐・李賀・李憑箜篌引

350、我有迷魂招不得，雄雞一聲天下白。——唐・李賀・致酒行

351、千里鶯啼綠映紅，水村山郭酒旗風。——唐・杜牧・江南春絕句

352、南朝四百八十寺，多少樓臺煙雨中。——唐・杜牧・江南春絕句

353、二十四橋明月夜，玉人何處教吹簫。——唐・杜牧・寄揚州韓判官

354、一騎紅塵妃子笑，無人知是荔枝來。——唐・杜牧・過華清宮絕句

355、借問酒家何處有，牧童遙指杏花村。——唐・杜牧・清明

356、天階夜色涼如水，臥看牽牛織女星。——唐・杜牧・秋夕

357、停車坐愛楓林晚，霜葉紅於二月花。——唐・杜牧・山行
358、十年一覺揚州夢，贏得青樓薄倖名。——唐・杜牧・遣懷
359、煙籠寒水月籠沙，夜泊秦淮近酒家。——唐・杜牧・泊秦淮
360、東風不與周郎便，銅雀春深鎖二喬。——唐・杜牧・赤壁
361、春蠶到死絲方盡，蠟炬成灰淚始幹。——唐・李商隱・無題
362、身無彩鳳雙飛翼，心有靈犀一點通。——唐・李商隱・無題
363、相見時難別亦難，東風無力百花殘。——唐・李商隱・無題
364、青女素娥俱耐冷，月中霜裡鬥嬋娟。——唐・李商隱・霜月
365、莊生曉夢迷蝴蝶，望帝春心托杜鵑。——唐・李商隱・錦瑟
366、何當共剪西窗燭，卻話巴山夜雨時。——唐・李商隱・夜雨寄北
367、春心莫共花爭發，一寸相思一寸灰。——唐・李商隱
368、曆鑒前朝國與家，成由勤儉敗由奢。——唐・李商隱
369、桐花萬里丹山路，雛鳳清於老鳳聲。——唐・李商隱
370、夕陽無限好，只是近黃昏。——唐・李商隱・樂游原
371、天意憐幽草，人間重晚晴。——唐・李商隱・晚晴

372、風暖鳥聲碎，日高花影重。——唐．杜荀鶴．春宮怨

373、吟安一個字，撚斷數莖須。——唐．盧延讓．苦吟

374、多情只有春庭月，猶為離人照落花。——唐．張泌．寄人

375、海闊憑魚躍，天高任鳥飛。——唐．僧．雲覽

376、問君能有幾多愁，恰似一江春水向東流。——五代．李煜．虞美人

377、剪不斷，理還亂，是離愁，別是一番滋味在心頭。——五代．李煜．烏夜啼

378、昨夜西風凋碧樹，獨上高樓，望盡天涯路。——五代．晏殊．蝶戀花

379、無可奈何花落去，似曾相識燕歸來。——宋．晏殊．浣溪沙

380、梨花院落溶溶月，柳絮池塘淡淡風。——宋．晏殊．寓意

381、疏影橫斜水清淺，暗香浮動月黃昏。——宋．林逋．山園小梅

382、沙上並禽池上暝，雲破月來花弄影。——宋．張先．天仙子

383、先天下之憂而憂，後天下之樂而樂。——宋．范仲淹．嶽陽樓記

384、醉翁之意不在酒，在乎山水之間也。——宋．晏殊．醉翁亭記

385、殘雪壓枝猶有桔，凍雷驚筍欲抽芽。——宋．歐陽修．戲答元珍

386、淚眼問花花不語，亂紅飛過秋千去。——宋．歐陽修．蝶戀花

387、憂勞可以興國，逸豫可以亡身。——宋．歐陽修．伶官傳序

388、禍患常積於忽微，而智勇多困於所溺。——宋．歐陽修．伶官傳序

389、雪消門外千山綠，花發江邊二月晴。——宋．歐陽修

390、月上柳梢頭，人約黃昏後。——宋．朱淑真．生查子

391、衣帶漸寬終不悔，為伊消得人憔悴。——宋．柳永．鳳棲梧

392、多情自古傷離別，更那堪冷落清秋節。——宋．柳永．雨霖鈴

393、今宵酒醒何處，楊柳岸曉風殘月。——宋．柳永．雨霖鈴

394、兼聽則明，偏信則暗。——宋．司馬光．資治通鑒

395、由儉入奢易，由奢入儉難。——宋．司馬光．訓儉示康

396、鑒前世之興衰，考當今之得失。——宋．司馬光．資治通鑒

397、循序而漸進，熟讀而精思。——宋．朱熹．讀書之要

398、即以其人之道，還治其人之身。——宋．朱熹．中庸集注

399、等閒識得東風面，萬紫千紅總是春。——宋．朱熹．春日

400、問渠哪得清如許，為有源頭活水來。——宋．朱熹．觀書有感

401、要看銀山排天浪，開窗放入大江來。——宋．曾公亮．宿甘露寺僧舍

402、不畏浮雲遮望眼，只緣身在最高層。——宋．王安石．登飛來峰

403、春風又綠江南岸，明月何時照我還。——宋．王安石．泊船瓜州

404、千門萬戶曈曈日，總把新桃換舊符。——宋．王安石．元日

405、看似尋常最奇崛，成如容易卻艱辛。——宋．王安石

406、一年好景君須記，最是橙黃橘綠時。——宋．蘇軾．贈劉景文

407、枝上柳綿吹又少，天涯何處無芳草。——宋．蘇軾．蝶戀花

408、欲把西湖比西子，淡妝濃抹總相宜。——宋．蘇軾．飲湖上初晴後雨

409、荷盡已無擎雨蓋，菊殘猶有傲霜枝。——宋．蘇軾．冬景

410、不識廬山真面目，只緣身在此山中。——宋．蘇軾．題西林壁

411、竹外桃花三兩枝，春江水暖鴨先知。——宋．蘇軾．惠崇春江晚景

412、舊書不厭百回讀，熟讀深思子自知。——宋．蘇軾

413、山高月小，水落石出。——宋．蘇軾．後赤壁賦

414、博觀而約取，厚積而薄發。——宋．蘇軾

415、但願人長久，千里共嬋娟。——宋．蘇軾．水調歌頭

416、人有悲歡離合，月有陰晴圓缺。——宋．蘇軾．水調歌頭

417、大江東去，浪淘盡，千古風流人物。——宋・蘇軾・念奴嬌・赤壁之戰

418、晚泊孤舟古祠下，滿川風雨看潮生。——宋・蘇舜欽・淮中晚泊犢頭

419、殘雪暗隨冰筍滴，新春偷向柳梢歸。——宋・張耒・春日

420、天接雲濤連曉霧，星河欲轉千帆舞。——宋・李清照・漁家傲

421、生當作人傑，死亦為鬼雄。——宋・李清照・夏日絕句

422、物是人非事事休，欲語淚先流。——宋・李清照・五陵春

423、尋尋覓覓，冷冷清清，淒淒慘慘戚戚。——宋・李清照・聲聲慢

424、莫道不銷魂，簾卷西風，人比黃花瘦。——宋・李清照・醉花陰

425、花自飄零水自流，一種相思，兩處閒愁。——宋・李清照・如夢令

426、兩情若是久長時，又豈在朝朝暮暮。——宋・秦觀・鵲橋仙

427、有情芍藥含春淚，無力薔薇臥曉枝。——宋・秦觀・春日

428、文章本天成，妙手偶得之。——宋・陸游・文章

429、山重水複疑無路，柳暗花明又一村。——宋・陸遊・遊山西村

430、僵臥孤村不自哀，尚思為國戍輪台。——宋・陸遊・十一月四日風雨大作

431、夜闌臥聽風吹雨，鐵馬冰河入夢來。——宋・陸遊・十一月四日風雨大作

432、位卑未敢忘憂國，事定猶須待闔棺。——宋・陸遊・病起書懷

433、紙上得來終覺淺，絕知此事要躬行。——宋・陸遊・冬夜讀書示子聿

434、王師北定中原日，家祭無忘告乃翁。——宋・陸遊・示兒

435、小樓一夜聽風雨，深巷明朝賣杏花。——宋・陸游・臨安春雨初霽

436、出師一表真名世，千載誰堪伯仲間。——宋・陸遊・書憤

437、古人學問無遺力，少壯功夫老始成。——宋・陸遊

438、三萬里河東入海，五千仞嶽上摩天。——宋・陸遊

439、小荷才露尖尖角，早有蜻蜓立上頭。——宋・楊萬里・小池

440、接天蓮葉無窮碧，映日荷花別樣紅。——宋・楊萬里・曉出淨慈寺送林子方

441、月子彎彎照九州，幾家歡樂幾家愁。——宋・楊萬里・竹枝詞

442、春色滿園關不住，一枝紅杏出牆來。——宋・葉紹翁・遊園不值

443、綠楊煙外曉寒輕，紅杏枝頭春意鬧。——宋・宋祁・玉樓春

444、山河破碎風飄絮，身世浮沉雨打萍。——宋・文天祥・過零丁洋

445、人生自古誰無死，留取丹心照汗青。——宋・文天祥・過零丁洋

446、臣心一片磁針石，不指南方不肯休。——宋・文天祥・揚子江

447、山外青山樓外樓，西湖歌舞幾時休。——宋．林升．題臨安邸
448、沾衣欲濕杏花雨，吹面不寒楊柳風。——宋．志南
449、風日晴和人意好，夕陽簫鼓幾船歸。——宋．徐元傑．湖上
450、近水樓臺先得月，向陽花木易為春。——宋．俞文豹．清夜錄
451、梅須遜雪三分白，雪卻輸梅一段香。——宋．盧梅坡．雪梅
452、風流不在談鋒勝，袖手無言味最長。——宋．黃昇．鷓鴣天
453、青山遮不住，畢竟東流去。——宋．辛棄疾．菩薩蠻
454、明月別枝驚鵲，清風半夜鳴蟬。——宋．辛棄疾．西江月
455、事如芳草春長在，人似浮雲影不留。——宋．辛棄疾．鷓鴣天
456、眾裡尋他千百度，驀然回首，那人卻在燈火闌珊處。——宋．辛棄疾．青玉案
457、想當年，金戈鐵馬，氣吞萬里如虎。——宋．辛棄疾．永遇樂．京口北固亭懷古
458、千古興亡多少事，悠悠。不盡長江滾滾流。——宋．辛棄疾．南鄉子
459、二十四橋仍在，波心蕩，冷月無聲。——宋．薑虁．揚州慢
460、莫等閒，白了少年頭，空悲切。——宋．嶽飛．滿江紅
461、三十功名塵與土，八千里路雲和月。——宋．嶽飛．滿江紅

462、予獨愛蓮之出污泥而不染，濯清漣而不妖。——宋・周敦頤・愛蓮說

463、著意栽花花不發，無意插柳柳成陰。——元・關漢卿

464、枯藤老樹昏鴉，小橋流水人家，古道西風瘦馬。夕陽西下，斷腸人在天涯。——元・馬致遠・天淨沙・秋思

465、曉來誰染霜林醉？總是離人淚。——元・王實甫・西廂記

466、花落水流紅，閒愁萬種，無語怨東風。——元・王實甫・西廂記

467、不是一番寒徹骨，怎得梅花撲鼻香。——元・高明・琵琶記

468、十年窗下無人問，一舉成名天下知。——元・高明・琵琶記

469、常將冷眼看螃蟹，看你橫行到幾時。——元・楊顯之

470、男兒有淚不輕彈，只因未到傷心處。——元・李開先・寶劍記

471、有緣千里來相會，無緣對面不相逢。——元末明初・施耐庵・水滸傳

472、萬事俱備，只欠東風。——元末明初・羅貫中・三國演義

473、山高自有客行路，水深自有渡船人。——明・吳承恩・西遊記

474、一葉浮萍歸大海，人生何處不相逢。——明・吳承恩・西遊記

475、只要功夫深，鐵杵磨成針。——元・虞韶

476、路遙知馬力，日久見人心。——元・無名氏
477、金玉其外，敗絮其中。——明・劉基・賣柑者言
478、良辰美景奈何天，賞心樂事誰家院。——明・湯顯祖・牡丹亭
479、人逢喜事精神爽，月到中秋分外明。——明・馮夢龍・古今小說
480、粉骨碎身渾不怕，要留清白在人間。——明・于謙・石灰吟
481、踏破鐵鞋無覓處，得來全不費功夫。——明・馮夢龍・警世通言
482、不要人誇好顏色，只留清氣滿乾坤。——明・王冕・墨梅
483、風聲雨聲讀書聲聲聲入耳，家事國事天下事事事關心。——明・顧憲成
484、牆上蘆葦，頭重腳輕根底淺；山間竹筍，嘴尖皮厚腹中空。——明・解縉
485、微微風簇浪，散作滿天星。——清・查慎行・舟夜書所見
486、鐵肩擔道義，妙手著文章。——清・楊繼盛
487、天下興亡，匹夫有責。——清・顧炎武・日知錄
488、十年天地干戈老，四海蒼生痛苦深。——清・顧炎武・海上
489、千磨萬擊還堅勁，任爾東西南北風。——清・鄭板橋・竹石
490、刪繁就簡三秋樹，領異標新二月花。——清・鄭板橋

作文滿級分必備：文藻語彙、成語大全

編　者　林慶昭
社　長　陳純純
責任編輯　李嫈婷
美術編輯　陳姿妤
法律顧問　六合法律事務所　李佩昌律師
出版・台灣地區　出色文化出版事業群・出色文化
新北市新店區寶興路45巷6弄5號6樓
電話：02-8914-6405
傳真：02-2910-7127
劃撥帳號：50197591
E—Mail：good@elitebook.tw
發行・台灣地區　聯合發行股份有限公司
新北市新店區寶橋路235巷6弄6號2樓
電話：02-2917-8022
傳真：02-2915-6275
印　製　皇甫彩藝印刷股份有限公司
初版一刷　2015年8月
定　價　240元

原書名　作文必勝課4：引人入勝的文藻語彙詞典

國家圖書館出版品預行編目(CIP)資料

作文滿級分必備：文藻語彙、成語大全 /
林慶昭著. -- 初版. -- 新北市：
出色文化出版：聯合發行, 2015.08
面；　公分
ISBN 978-986-5678-64-7(平裝)

1.漢語 2.作文 3.寫作法

802.7　　104014578